DOUBLE

S P O

CO-AKA-640

The

SIXTH MAN

Dan J. Marlowe

Fearon
Belmont, California

DOUBLE FASTBACK® SPORTS Books

Cover photographer: Karen Stafford Rantzman
Sports equipment courtesy of Doherty &
    Dunne, Inc.

ISBN 0-8224-2398-7

Library of Congress Catalog Card Number: 86-81859

Printed in the United States of America

1. 9 8 7 6 5 4 3 2 1

Arnold Stoddard left the bus by the rear door and trotted along Elm Street toward his home. He was carrying a gym bag and several shirts, two pairs of slacks, and a jacket in a plastic clothes bag.

He opened his front gate and started around the side of the house. Then he paused when he heard the thump-thump sound of a basketball being dribbled on the driveway next door.

He smiled and set down his bags along-side his house. He approached the white picket fence, placed a hand on its top, and vaulted over lightly. He landed on the other side just in time to see a short, stocky boy miss a layup to the hoop attached to the garage.

"Hey, Joey!" Arnold greeted his best friend and next-door neighbor. "How's it going?"

"Arnie!" Joey Calexico exclaimed. His serious dark features crinkled in a wide, welcoming smile. "The team was beginning to think you'd deserted us."

"Naah!" Arnie replied. "I told you I would be tied up for a while. I've been helping my uncles rebuild my cousin Freddie's house. The fire he had just about took it down to the foundation."

Joey started to say something, then changed his mind. He passed the basketball to Arnie, who grabbed it, sighted quickly, and then popped a 16-foot one-hand jumper. The ball swished cleanly through the net.

Joey shook his head in admiration. "You haven't lost your eye, anyway."

"How's practice?" Arnie asked.

His friend's smile died away. "There have been some changes," he said after a moment.

"Changes? Like what? I thought Coach Williamson liked the way we were playing his system at the end of last season."

"Mr. Williamson isn't the coach now." Joey removed his thick-lensed glasses and cleaned them carefully. When he looked up he saw an expression of disbelief on Arnie's face. "He had a heart attack. Not too serious," Joey added quickly. "But he won't be back this season."

"Then who—oh, no!" Arnie groaned. "They put in Colucci!"

"The junior-varsity coach usually does move up at a time like this," Joey said mildly.

"But that hardhead! He'd rather knock you down than walk around you any day."

"He has his own opinions," Joey admitted.

Arnie shook his head and said, "I can see that it wasn't the best time to miss the first week of practice."

"Would you believe ten days?" Joey said with another smile. "We've been hearing about it."

"The guy has had it in for me since the sixth grade," Arnie shrugged. He paused as he thought of something. "Say, who's been playing my position in practice?"

"Colucci's son Chuck," Joey answered.

"Oh, man!" Arnie breathed. "I feel a big storm coming up. How's he doing?"

"He plays good defense. And he can shoot a little."

"Defense," Arnie echoed. His tone showed his disgust. "That's Colucci's bag, all right. Listen, I've got to check in at the house. My uncles are coming for dinner. I'll see you in the morning."

"OK," Joey agreed, and Arnie jumped over the fence again.

Arnie opened the front door just as he heard his mother's car pull into the side yard. When she came up the front steps, she smiled and said, "I'm so glad you're home, Arnie. It's been lonely around here."

"It's nice to be home, Mom," he said as she entered.

"How did it go at Freddie's?" she asked.

"We drove the last nail yesterday," Arnie answered. He led the way from the front hall to the kitchen at the rear of the house. "It's nice up in the hills where Freddie has his place. But it's so *quiet*. How does he stand it?"

"Well, he *is* a park ranger," she said. "He was never a streetlight type like you."

Arnie laughed and began setting the dining room table for four instead of the usual two. Arnie's father had been killed in a car accident five years ago. Arnie had spent a lot of time in gyms shooting baskets since then.

"There's no place to shoot baskets where Freddie lives," he said. "I used to think he was missing out on a lot until I got up a few mornings there and smelled those pine trees. It's *nice* there, Mom."

"It must have really made an impression on you since you've said so twice," his mother commented. She turned to the stove, where she had the makings of a meal half-prepared. That left her only half the cooking to do each evening when she came home from work.

Thirty minutes later Arnie's uncles, Mick and Dutch Stoddard, filed through the kitchen door. "Good evening, Clara," they said together to Arnie's mother. They were lean men, soft-spoken and reserved. Together they owned a gas station and garage three blocks away.

At one time Arnie had thought his uncles were tall as well as lean. But that was before last summer when Arnie had shot up five inches. And *this* summer he had put on an additional 15 muscled pounds.

"Hey, guys," he said eagerly after they had washed up. "Did you hear Al Colucci is coaching Addison High this year?"

Dutch Stoddard nodded. "First thing we heard when we got back to town."

"People threw themselves down in front of our car to stop us so they could tell us," his brother Mick added.

"They all wanted to place a bet on how soon you and Al would get into a fight," Dutch said.

"Or you and his kid," Mick chimed in.

"Now that's enough of that kind of talk," Clara Stoddard laughed. "Everyone sit down."

The first part of the meal was completed in silence. Then Arnie brought up the subject again. "You really think I'm going to have trouble with Colucci?" he asked.

"No, I think Colucci is going to have trouble with you," Mick said in his understated way.

"What's that supposed to mean?" Arnie flared. His mother was about to interrupt again. Instead she sighed, sat back, and let them go at it.

"He's always thought you were a wimp under the basket," Dutch said.

"And he's always been right." Mick was grinning openly.

"Listen, you two clowns—" Arnie pulled himself up. "I'm not going to let you get to me. I'm a scorer for that team."

Dutch was shaking his head. "That team doesn't need scorers. Look at the lineup. Foley can score. Craven can score. Even young Joey next door—he can shoot better than 40 percent. And now Chuck Colucci can score. But it's going to be different now. Your old coach, Carl Williamson, let you guys run. That was his game. Colucci's game is defense. You already know that if you stop and think about it."

"There's only one player in that lineup who doesn't score," Mick said. "The center, Hal Griffin. Now if you want to talk clowns, there's your man."

"He's the nicest guy on the team," Arnie protested.

This time it was Mick who was shaking his head. "What he is is a football player who hangs out with you basketball types to stay in shape. The only thing he knows how to do is take up a lot of room under the basket. That kid is *wide.*"

Half an hour after his uncles had left, Arnie sat in his bedroom with an unopened history book in his hand. Was it really going to be that bad? Last season he had led the county in scoring. Scoring was going to be his passport to a college scholarship. Was Al Colucci going to take his game away from him?

Arnie made sure he reached the locker room 20 minutes early for practice the next afternoon. He wanted to have a word with each player individually as the team straggled in. That way Arnie wouldn't have to face the whole group firing nasty remarks about his late appearance for the season.

Arnie knew that his lateness was justified. And he knew that, pinned down, the other players would admit it, too. But in a group, mob rule took over and some individual became the butt of the group. Arnie himself had taken part in such group ragging in the past. He didn't intend to let himself become the target today.

For the most part his plan worked well. He slapped palms and exchanged welcomes with the players as they entered, and he began to dress for practice. But then Coach Colucci arrived, and he ignored Arnie. Colucci didn't even appear to notice that Arnie was in the locker room.

It was embarrassing. Arnie finally decided to take the bull by the horns. He walked up to Colucci and offered his hand. "Afternoon, Coach," he began. "I guess you know why I was late reporting."

Colucci's handshake was brief. "What I know is that you're ten days behind everyone else," he said, and turned away.

Arnie gritted his teeth. He could see that this was not going to be a picnic. Still, he had to be very careful here. Losing his temper would do him no good at all. It might even be what Colucci wanted. Arnie watched as the players raced onto the gym floor. There was a pretty good team here even without him. If Arnie stupidly removed himself by flying off the handle, Coach Colucci would have an even easier time deciding who to play.

The team went into its layup drill. That much at least hadn't changed from Coach Williamson's time. One player stood to the side and bounced a pass to a player driving the lane toward the basket. After his shot, another player picked up the ball and directed it to the next player charging in to take his layup. The flow moved rapidly.

Coach Colucci blew his whistle. "From today on, foul shooting is done by a player on his own time," he announced. "With our first game coming up on Friday night, we need more time for scrimmaging. OK, shirts against skins. Stoddard, you play guard for the skins."

For an instant the only word that hit Arnie was "skins." The skins were the second team. Arnie hadn't played on a second team since early in his junior-varsity days. He saw a few players watching him from the corners of their eyes. He tried to keep his face blank while he pulled his jersey off over his head.

Then the word "guard" hit him. Guard! He wasn't a guard! He'd been a forward since the seventh grade. This was going to be a real trial by fire. He sized up the shirt team. Joey and Ted Foley were at the guards. Huge Hal Griffin was at center. And Chuck Colucci and the speedy Wes Craven were the forwards.

Arnie's teammates consisted of Billy Smith, the team jokester; Lou Snowden; Carl Koslowski; and Jim Handleman, up from the junior-varsity squad. Looking at them, Arnie realized that they were all forwards except Handleman. And he wasn't a very experienced guard.

Arnie knew that the two starting guards from last year's team had graduated. But somehow he hadn't realized how the current team would look without them. With Joey Calexico and Ted Foley as starting guards, Colucci didn't even have an extra guard coming off the bench except Handleman.

He could see why the coach was concentrating on finding a guard he could depend on. But Arnie was determined that it wasn't going to be him. He could see a lot of problems ahead. Glumly, he watched Colucci toss the ball to the first team as they started down the floor.

After Arnie came out of the shower, he sat down beside Joey Calexico and began dressing. About half the team had already left. "Was I as bad as I felt out there?" he asked Joey softly.

"I've seen you have better moments," Joey admitted.

Arnie sighed. "It may have been the worst feeling I've ever had on a basketball court. By the time I remembered what I should be doing, the play had already turned around and was going back the other way. I was a disaster."

"Nobody with your basketball instincts is a disaster," his friend said firmly. "Playing guard will just take some adjusting."

"But why should I have to make the adjustment?" Arnie said silently to himself. "I helped this team the last two years. Why not go talk to Colucci and lay it on the line? Where was it written that I had to learn to play guard? Because I missed a few days of practice?"

"Arnie?"

"Yeah?" Arnie said absently. He had almost forgotten that Joey was there.

"You want to come over and work out in the driveway? You know, dribble and play a little blocking out? One-on-one?"

"I notice you didn't say dribble and shoot," Arnie said.

"You don't need to practice shooting," Joey said. "As your Uncle Mick says, a shooter can make his shot in a blizzard on the Fourth of July. Even today you made two out of the three shots you took."

"Yeah," Arnie said again. He rose from the bench. "I'll see you there a little later."

He left the locker room and went down the hall to Colucci's office. The door was slightly open, so he knocked once and went in. The tiny office was empty except for the coach himself. He was slouched at his desk reading over some papers. Colucci looked up as Arnie hesitated. "Yes, Stoddard? What is it?"

"I wanted to—to ask you about—about why you have me playing guard," Arnie stammered. Speaking up was harder than he'd thought it was going to be.

Coach Colucci leaned back in his chair. "I thought I'd be hearing from you about it. But I thought you could see why, too. Suppose something happens to Calexico or Foley. Suppose I want to give them a breather. Who do I use?"

"But I'm not a guard!" Arnie protested.

"You're a basketball player who can learn to be a guard," Colucci said bluntly. "If you try. Are you telling me you're not willing to try? That you're a shooter and an occasional rebounder when it's not too much trouble? And nothing else?" He waited but Arnie didn't say anything. "I've got scorers on this team, Stoddard. What the team needs is guards."

The conversation hadn't gone at all the way Arnie had intended it to go. "But why me?" he said at last.

"Because during the time you weren't here I worked out the rest of the players. And I found that none of them have the potential that you do to play the position. You can see that as well, if you stop and think about it."

Arnie swallowed hard. "I guess I'd better shut up," he said.

"I'm not telling you to shut up. Speak your piece."

"Not now," Arnie decided. "I need to—I need to do a little thinking. OK if I come back and talk to you later?"

"Sure. Anytime."

Colucci went back to his reading. After hesitating for a second, Arnie left the office. What a mess! He hadn't made any progress at all. If anything, he'd made the situation worse. Colucci was definitely thinking of him as a guard.

Arnie made up his mind what to do next. He would stop off at the garage and talk to Mick and Dutch.

He found his uncles bent over a truck motor whose parts were spread all around them on the garage floor. Both men straightened up to listen to Arnie's hurried explanation. "So Colucci has made up his mind," he finished.

Mick eyed him shrewdly. "And you've made up yours? You're saying you're not going to do it?"

Arnie drew a deep breath. "I'm saying I don't want to do it," he said carefully.

"Is there a reason?" Dutch asked.

"Yes, there's a reason." Arnie said it more hotly than he had intended. "Look, after last season I got some mail. College coaches and scouts who said they'd be around to see me this season. The idea was that if I measured up I might get a scholarship offer."

The brothers exchanged glances. "It's a better reason than I thought you'd have," Mick admitted. "You're afraid if they see you playing out of position you won't get the offer?"

"That's it," Arnie declared.

Dutch spoke up. "Don't you think if they saw you doing more than popping jump-shots from 18 feet it would help your chances instead of hurting them?"

"Let's face it, Arnie," Mick said before Arnie could answer. "The game has come a little easy for you. Maybe it's time to get your nose down in the dirt like the rest of us." He held out his arms, which were covered with grease to the elbows.

"Still, he's got a point," Dutch said thoughtfully. "If he doesn't get a scholar-ship, he's likely to work in this town for the rest of his life." He looked at Arnie and said, "Have you talked to Colucci about this?"

"Not about the scholarship. I asked him why he picked me for the guard position. He said the team needed guards, and I could pick it up better than anyone else."

Mick nodded his agreement. "He's right. And you'd be a better player. Is that all bad?"

"I think that Arnie should talk to him again," Dutch said. "Colucci can be a little hardheaded at times. But then can't we all? Lay your cards on the table and at least get his reaction. OK?"

"I'll do it tomorrow," Arnie said.

He went home and was once more greeted by the thumping sound of a basketball being dribbled in the next driveway. He jumped the fence and walked over to Joey. He had paused to wipe off his thick-lensed glasses, which had fogged up from the sweat streaming down his face.

"When we were talking in the locker room, you mentioned practicing my dribbling," Arnie said. "What's the matter with it?"

"Right now you tend to let the bounce come up a little high," Joey told him. "It makes it easier for the guy guarding you to reach in and hook the ball away. And you should keep your body between the ball and the opponent. You know, protecting the ball."

Arnie took the basketball from Joey's sweaty hands. "Low dribbling coming right up," he announced. "See if you can get the ball away from me."

Two hours later he went into his house with his own shirt and jeans damp with sweat.

Arnie stood in front of Coach Colucci's desk the next day and explained the recruiting situation. The coach leaned back in his chair with his hands folded over his stomach.

"You should have told me this before," he said when Arnie had finished. "Not that I would have changed my mind about anything, understand. What I did is for the good of the team. But that doesn't mean we can't give you some kind of umbrella if someone comes to a game to check you out. Play you for a half at guard and a half at forward, maybe. Whatever. If the game circumstances allow it.

"Anything else?" Coach Colucci added.

Arnie shook his head and left the office.

Three weeks later he was talking to Joey Calexico after team practice. "Except for the first game on the road, we've played pretty well," Arnie said. "Five out of six isn't bad."

"And we'll get them here at our place in two weeks," Joey said. "The team that beat us, I mean. Silverdale High."

"I didn't do a thing right in that game," Arnie said. "Their redheaded forward kept going around me as if I were tied down to the floor."

"He won't be able to do it next time," Joey said. "You've improved."

"You really think so?" Arnie asked.

"For sure," Joey responded. "You're quicker on the dribble, and your passes are crisper."

"But is my defense any better? That's where I got burned against Silverdale."

"Yes, your *whole* game has improved," Joey said. "I mentioned the dribbling and passing . . . well, because I've noticed that you've picked up a lot of *my* good habits." Joey's face broke into a wide grin.

Arnie gave him a friendly push and said, "Yeah, you've become another Larry Bird, buddy. Come on, let's go home."

Addison High won its next three games. Then Silverdale came to the Addison gym for the second in the home-and-home series. Coach Colucci looked almost grim as he gave the team his pregame talk in the locker room.

"These guys made you look bad at their place, and they're not that good a team. What're you gonna do about it this time?"

"Kill 'em!" Billy Smith, the team clown, said in his high-pitched voice. Everyone laughed. Even Colucci smiled.

"You can stop a little short of that," the coach said when the players were quiet again. "But I do want to see some hard-nosed basketball out there tonight. Make them earn whatever they get. OK, go out and warm up. Stoddard, I want to talk to you a minute."

Arnie waited while the rest of the team ran out on the floor. "There's a scout here tonight," Colucci said when they were alone. "But not to see you."

"Oh." Arnie went from a rush of excitement to a big letdown from the first sentence to the second.

"He's here to get a line on Conway of the Silverdale team," Colucci continued.

Arnie nodded. Then he did a double take. "Conway? Isn't that the guy—"

"The guy who blitzed you about 14 different ways the last time."

Arnie took a deep breath. "He's not going to find it as easy tonight," he predicted. "I know what I'm doing now."

"If the scout is watching Conway, he'll have to see you, too. If you're where you're supposed to be." Colucci's tone was casual, but he was smiling.

"Yeah. I see what you mean," Arnie said slowly. "Yeah." He grinned suddenly, then slapped his hands together. "All right if I hand Conway his head?"

"I'd recommend just shutting him down. Go get your warm-up."

Arnie went out and joined the line shooting layups. Then after a few minutes the team began shooting from the floor. He grabbed one of the seven or eight basketballs and carried it out to "his" spot on the hardwood. It was to the right of the basket about 18 feet out.

He pumped once, then twice, then let a shot go. Swish! He missed one, then banked one in. Then swish! Swish! Swish! Arnie could feel his confidence rising by the moment. The basketball felt good in his hands. He always felt confident shooting, but tonight he felt even more sure of himself than usual.

The hardest thing he had had to get used to this season was coming off the bench. He had been so used to starting, hearing the crowd yell when his name was announced. He knew it was an ego thing that he missed. But he still couldn't help feeling that way. He had never pictured himself as a sixth man, the first player off the bench.

When the game began, he took his seat on the bench beside the coach. Silverdale's Conway immediately began giving Ted Foley a hard time. Arnie studied Conway closely. He had a very quick first step. If you blinked, he was around you. Arnie realized that even though he had improved, his work would be cut out for him.

Silverdale went out to a six-point lead, but then Addison steadied. The teams traded baskets for a while. Sooner than Arnie had expected, Colucci nudged him in the ribs. Arnie trotted to the officials' table and gave the scorer his name. At the next time-out, Ted Foley sat down and Arnie went in for him.

Now that Arnie's ball handling had improved, he and Joey took turns at point guard. When Joey was getting a breather, Arnie was the point guard and Ted Foley was usually the shooting guard. When Ted sat down, Arnie was the shooting guard, and Joey remained at point guard to lead the offense.

Arnie took his place on the floor. He watched Silverdale in-bound the ball. The pass came quickly to Conway, who started down the floor.

Conway blew right up to Arnie, dribbled neatly, and then started around him. Even though he was aware of Conway's quick first step, Arnie was a little slow in reacting. Then he caught up, reached over Conway's shoulder, and got his fingertips on Conway's shot. The ball, knocked off its course, rolled around the rim and fell off. No plucked chicken tonight, Arnie thought grimly as he grabbed the rebound and passed it out to Joey.

Joey dribbled down the floor toward the Silverdale basket and passed to Wes Craven. He bounced the ball into the middle to the bulky Hal Griffin. The big guy could have turned and gone to the basket. Instead he passed out to Arnie who had trailed the play and was standing on his "spot." Arnie shot the ball. Swish!

Silverdale came back down the floor quickly. Arnie glued himself to Conway, trying to deny him the pass. When Conway did get the ball, Arnie steered him carefully toward the sideline. Conway couldn't get a shot off and had to pass the ball away. Joey intercepted his weak pass and started downcourt.

Again the ball went into the middle to Griffin. Again Big Hal passed out to Arnie standing on his spot. Conway flew out at Arnie, waving his arms in Arnie's face. Arnie passed to Chuck Colucci, the coach's son, who was on the baseline. Chuck hit nothing but net with his shot, and Addison trailed by only two points.

The next Silverdale trip down the floor Conway was under full steam. Arnie sensed that his man was out to show some scoring moves. Arnie set himself defensively, and Conway charged right into him. It sent Arnie to the floor, and Conway was called for a foul. At the other end of the floor Arnie sank two foul shots.

Conway beat him cleanly the next time down. The Silverdale player faked right, then left, faked a pass, and shot successfully over Arnie. The next time Conway tried it, Arnie was between him and the basket. He tipped Conway's shot high in the air, then soared above the rim to grab the ball. While he was still in the air he fired a long pass to Chuck Colucci who laid it in.

Addison High was leading by five at the half. "You looked like a team out there,"

Colucci said in the locker room. "Just don't forget how you did it."

Arnie really enjoyed the second half. The frustrated Conway hacked, slashed, and chopped at Arnie. But Arnie, taller and heavier than the average guard, kept his temper. When Joey went out for a breather, Arnie began taking the ball up the floor. And Conway had a brief scoring spurt while he was being guarded by Ted Foley. But when Joey came back, Arnie once again put the blanket over Conway.

Addison won the game by 14 points. The team was yelling and laughing all the way to the dressing room. In the shower, Arnie examined a few bruises he had collected. He figured they were a price worth paying.

The following morning out in the school hallway Arnie saw Hal Griffin. It reminded him of something he'd been meaning to do. "Hey, Hal!" he called. "Got time for a soda?"

"Sure," the big center said. They walked to the soda machine, and then moved into a corner while the student traffic flowed past them. "Something on your mind?" Griffin asked.

"Yeah," Arnie said. He and Hal had been in a lot of the same classes since the third grade. Big Hal had always been an average student, but in mathematics he had always been excellent. By the fourth grade he could multiply three numbers by three numbers in his head. By the seventh grade he could multiply four numbers by four numbers. Hal didn't know how he did it. The answers just popped out. "Have you had any football scholarship bids?"

Griffin frowned. "Not one. And I was sure I would."

"There are a lot of big tackles in the country, Hal. I think you're a better basketball player than you are a football player, anyway."

"Basketball's just fun time," Griffin said.

"You could do better," Arnie insisted, "if you went to the hoop more often with the ball."

Griffin said, "If I really wanted to, I could, man. But why?"

"To get a basketball scholarship," Arnie said.

The big guy shook his head. "There are more open roster spots in pro football than in pro basketball. The odds say I've got a better chance with football."

"That's where you're wrong," Arnie challenged. "There are 28 pro football teams with 45 roster spots, right?"

"Right. That makes 1,260 openings."

"And in pro basketball there are 23 teams with 12 players each."

"Right again. That's 276 players. See what I mean?"

"Plus," Arnie continued, "20 teams in Italy that pay good money. And 20 in Spain. Plus 12 each in a half dozen other countries." Arnie smiled widely and asked, " How many does that make?"

Griffin was frowning again. "Let's see— 1,344 overseas plus 276 in the NBA makes 1,620. Against 1,260 in football. Man, I think I've been missing something. Thanks for the clue."

"Anytime," Arnie said.

He watched Hal Griffin walk down the hall in the light-footed stride that was so unusual for a man his size.

The next night Addison played Woodrich High at home. Early in the first period Joey Calexico passed into the middle to Hal Griffin. Griffin whirled while soaring into the air, and slammed the ball through the hoop.

Two minutes later Joey set up the same play. Big Hal, who wasn't guarded the first time he went for the basket, got a lot of attention this time. He didn't seem to notice it. He went up to the basket with a Woodrich player hanging from each arm and again slammed in a score.

"What are you laughing at?" Joey asked Arnie as they ran back down the floor.

"Human nature," Arnie said. "Inspiration. Whatever."

"You've blown a fuse," Joey declared.

Hal Griffin had a large, large first half. He scored 14 points and pulled down 11 rebounds. At the other end of the floor he blocked three shots. His huge shoulders glistened with sweat.

Coach Colucci stopped beside him inside the locker room with a puzzled expression on his face. "Way to go, Hal," he said. He rubbed his chin thoughtfully. "Somebody dump a hive of bees inside your trunks?"

Hal winked at Arnie. "Somebody pointed out my best interest to me," he said.

Colucci had caught the wink. He glanced from Hal to Arnie, shook his head, and moved away. The players were talking loudly and kidding each other near their lockers. The team had played a fine first half, and everyone was loose. Even Coach Colucci wasn't wearing his usual halftime frown. That's when the players realized it was all right for them to relax a bit and enjoy a breather.

After ten minutes Colucci finally called for order. He gave the players a 30-second talk about continuing to play hard. Then he sent the team back out on the floor. Arnie, Joey, and Hal Griffin only played half of the second half before the coach took them out for good. The game had become a runaway.

Ted Foley, Chuck Colucci, Wes Craven, Lou Snowden, and Billy Smith held on the rest of the way.

Arnie stopped off at the garage the next afternoon to tell Mick and Dutch they were invited to the house for dinner. "Joey is coming, too," he added.

Mick nodded. "We'll be there."

"See the paper today?" Dutch asked Arnie.

"No. What's in it?"

"The sports editor asked Al Colucci if he thought Addison High had a chance in the tournament. Colucci said they might have a chance if they got a few breaks."

"That's really enthusiastic for Coach," Arnie said.

"You agree with him?"

Arnie hesitated. "Things have been going our way. If it keeps up . . . ," he shrugged.

"You're about as willing to be quoted on this as Colucci is," Mick teased.

Arnie grinned. "The players don't want to talk too much about it. Afraid to jinx our chances. Well, I've got to go."

"See you tonight," Dutch said.

When the five of them were seated around the table that evening, Arnie's mother led off the conversation. "I saw the school principal yesterday," she began. "She told me that your marks have really improved, Arnie. I've never heard that from you."

"I guess I'm afraid of backsliding," Arnie said smiling. "It's funny, though. Here I am with my grades up enough to get into college. And I don't have a college to get into."

"That scout who was here for the Silverdale game is sure to have your name in his notebook," Joey said quietly.

"That and 50 cents will get me a cup of coffee anywhere," Arnie replied.

"Those scouts talk to each other, though," Mick said. "It can't do you any harm. Say, you two basketball players—what turned on Hal Griffin last night? He was a monster out there."

"You can thank Arnie for that," Joey said. "I don't know what he said to him, but it really worked."

"He's always had the ability to be a monster," Arnie said. "I just gave him a little encouragement."

"So what about the tournament?" Dutch said.

"With a little luck we should get to the finals," Joey said. "But so will Millville, and they'll probably win the state title."

"They have three players who are all state," Arnie said. "We're due to get a lesson from them. We've had a nice season, but now we're up against reality." As he finished his last mouthful, he pushed his chair back from the table. "Joey and I have got to run," Arnie said. "Colucci has called a light practice and a team meeting for tonight."

"Practice and a meeting at *night?*" Mick said. "That's unusual, isn't it?"

"Yes, it is," Joey said. "But with the tournament coming up, Colucci wants to make sure the team is prepared—with a capital P."

"I'll be home in a couple of hours, Mom," Arnie said as he and Joey hurried out the door.

The Addison High bus was parked at the school's side entrance. Arnie sat down in a rear seat alongside Joey Calexico. The bus was getting ready to leave for Osslinton, 50 miles down the road.

That's where the regional tournament was being held.

This was Addison's third trip down. They had gone over on Tuesday night and won easily. They had gone over on Thursday night and won again, not easily, but comfortably. And now they were going over to play Millville in the finals.

They had watched Millville play its two previous games, so the mood on the bus was not exactly joyful. The players weren't the only ones who thought that Millville might be the best high school team the area had ever seen.

Looking around the bus, Arnie could see that most of the players were facing reality. They were determined to do their best. But they knew what they were up against.

Only Coach Colucci looked uptight. It was different for a coach, Arnie realized.

The players who went on to college would have other chances. A coach's chances for advancing often depended on what he did in a one- or two-year period with certain gifted athletes. There were five seniors on this team. Next year there wouldn't be too much left for Coach Colucci to make his mark with.

Since the game was scheduled on a Saturday afternoon, there was a lot of traffic on the road. After they arrived, the players dressed rapidly and went out on the floor of the gym. Each player ran through the warmup drill before Colucci held a brief pregame pep talk. Then it was finally tip-off time.

Millville came out running and shooting. They scored three times in their first four tries. Colucci quickly put Arnie in for some height and defense. As Arnie checked in,

Joey said to him, "Are you sure there aren't six or seven of them out here? They can really run the floor."

On the next play, however, Arnie sank a shot from his spot. Then Hal Griffin blocked a Millville shot. Joey ran a fast break with Hal trailing the play. At the other end, Griffin took the pass, went up through a cloud of Millville shirts, and pounded home a basket. "At least they're not going to have it all their own way," Arnie thought.

As Arnie got back on defense, he forced a Millville player into an area the player didn't want to go. He was too far under the basket to shoot. Arnie risked a quick look to see how Joey was doing with his man. He was just in time to see the player Joey was closely guarding push off with a frustrated forearm. The arm struck Joey solidly in the face.

Joey's glasses fell off, and he sank to one knee, then to his side. Finally he rolled over onto his back. A referee whistled the foul and signaled for the injury time-out. Arnie rushed to Joey and knelt down beside him. There was a deep, bleeding cut across the bridge of Joey's nose. Lying next to his face were the smashed lenses of his glasses.

The tournament doctor darted from the stands and pushed in beside Arnie. Right behind him was the Addison team trainer, who'd come off the bench. Arnie moved away to give them working room. Together the two men examined Joey's eyes.

Arnie turned to look for the Millville player with the free-flying forearm. The referee appeared beside Arnie as if by magic. "It was an accident, Stoddard," the referee said.

"Let *him* tell me that!" Arnie said hotly.

He started after the player with clenched fists. But Chuck Colucci grabbed him by the elbow. "Don't get thrown out, Arnie," he pleaded. "We need you more than ever now."

Arnie stopped his advance. He tried to cool off. The doctor folded a towel over Joey's eyes and knotted it loosely at the back of his head. Then he and the trainer got Joey on his feet and walked him directly to the dressing room. After Ted Foley came in to replace Joey, the officials put the ball back in play.

The whole team seemed to experience the same shock that Arnie felt. They seemed to be in a daze as Millville ran off ten straight points. Coach Colucci called a time-out. "Get your heads in the game!" he screamed. "You think you're doing Joey a favor by acting like sleepwalkers?"

That helped snap them out of it. But Millville was determined to make the most of its advantage. Every time Arnie brought the ball down the floor, two players were waving their arms in his face. Twice he found Chuck Colucci open, and Colucci made the shots.

Then Hal Griffin dribbled inside the key and stuffed a home shot. The next time Addison had the ball, he rose like a big bird on the offensive board. He grabbed a missed shot and rammed it through. But Millville kept scoring, too. They went in at halftime leading by six points.

"Joey's OK," Colucci said as they were walking to the dressing room. "I mean they think there's no glass in his eyes. They're taking him to the hospital to be sure, though."

Near the end of a rather quiet halftime break, Billy Smith said, "How come we're only six points behind these hotshots? Without Joey, we should be getting buried."

"You're right," Wes Craven said after a second's silence.

Arnie looked around the locker room. "Let's take it to these guys," he said.

"Yeah," several players shouted at once.

"But no fouls," Colucci warned. "We can't afford it. Their bench is deeper than ours."

The game turned rough at the start of the second half. Twice an official started to say something to Arnie, who gave him a wide-eyed, innocent stare. Each time the official walked away. Soon, Arnie and the rest of the team were caught up in the rhythm of the game. They fought to score a basket on each possession and to keep Millville from doing the same.

Twice Addison pulled within a basket of Millville. Both times Millville came back to open a wider lead. With three minutes to go, Hal ripped a rebound from a Millville player's hand and slammed the ball through the net. Then Griffin made a quick pass to Arnie, who found Wes Craven in the corner. Craven sighted and hit a 15-footer for his first basket of the game.

With two minutes to go, Arnie felt so tired he was ready to collapse. When he looked around he realized that the rest of the team was exhausted, too. Two fresh Millville players came in and each made a quick basket. Arnie pulled down a defensive rebound and passed the ball two-thirds the length of the floor to Chuck Colucci. Colucci went in for an easy fingertip lay-up.

Addison was two points down with less than a minute to go. Millville scored again. Arnie sank a shot, was fouled, and made the three point play. Now Millville led by only one point. But the clock was blinking off the seconds.

Millville controlled the ball and played keep-away, passing it around the outside. With two seconds left a Millville player fired up a shot that went in. The buzzer sounded. Millville had won by three points.

Arnie heard an angry voice behind him as the team trailed wearily into the locker room. "We'd have beaten them if we hadn't lost Joey!" the voice said. Arnie turned around to see that the speaker was Ted Foley.

Al Colucci's voice spoke up immediately. "Winners talk, losers are quiet," he said. "We didn't win, but we played well. We'll have to be satisfied with that." Arnie thought that the coach looked as drained as any of the players.

"The good news is that Joey is OK," Coach Colucci continued. "His eyes weren't damaged. However, he will have two beautiful shiners tomorrow. Now listen up. We're stopping for burgers and shakes on the way back. The school is treating."

A halfhearted shout greeted the announcement. The team became a little more excited. Arnie approached Colucci. "Coach," he began, "my uncles and a few of my mother's friends are throwing her a surprise birthday party tonight. I'd like to get home in time for the start of it. Could you line up a ride home for me that will get me right back there?"

"Sure," Colucci agreed. "Take your shower. I'll have a ride for you by the time you're dressed." He left the locker room and went back out on the gym floor.

Don Carson was waiting for Arnie when he was ready to leave. Carson owned a gas station in Addison. "Tough one to lose," he commented as he led the way to his car. He didn't say much more than that during the trip back home. Arnie was glad for the absence of conversation. He still felt tensed up inside from the game.

Carson let Arnie out right out in front of his house. As Arnie came up the walk, he saw his uncles Mick and Dutch talking with another man.

"Hi," Arnie said. "I made it before Mom arrived, huh?"

"She'll be here in about 20 minutes," Mick said. "Your neighbor Mrs. Sands is keeping her away so everyone has a chance to get here."

Mick turned to the stranger and said, "This is Arnie, Mr. Preston. Arnie, this is Tom Preston." Arnie shook hands with the man.

"Mr. Preston is with the athletic department at State University," Dutch said, smiling. "He wanted to speak with you right after the game this afternoon. But since you left in such a hurry, he decided to drive over here and do it."

Preston spoke up at once. He had an easygoing smile. "Now that you've played your last high school game, Arnie, I'm allowed to congratulate you on your birthday coming up in April."

Arnie was surprised. "How did you . . . ?"

Preston pulled a notebook from his jacket pocket and slapped it against his palm. "I know quite a bit about you," he said. "I liked the way you took over at point guard this afternoon. You're the best sixth man I've seen this year. And everyone in the state knows that you can shoot."

"Well, thanks," Arnie said. He could feel his face getting red.

"So save one of your five college visits for us when you start considering offers, OK? We'd like to talk to you."

"Sure," Arnie said. "You bet." He felt a tingle run through his body. It was what he had hoped for, but hadn't really dared let himself expect. Then he had an idea. "Did you get a chance to watch Hal Griffin play center today, Mr. Preston?"

Preston grinned again. He tapped the notebook in his hand. "He's in the book, too," he said, and turned to leave.

"Thanks a lot," Arnie said as the man walked away.

Arnie heaved a sigh of satisfaction. He couldn't remember the last time he had felt so good.

Dutch and Mick laughed out loud together. "You look as if you just signed with the Boston Celtics," Mick said kiddingly.

LA ROCHEFOUCAULD

La Rochefoucauld

maximes

COLLECTION DES Cent CHEFS-D'ŒUVRE

Robert Laffont
30, rue de l'Université, Paris

LA ROCHEFOUCAULD

1613-1680

1613 Naissance à Paris de François VI, fils du duc de La Rochefoucauld et de Gabrielle du Plessis de Liancourt. C'est une des plus anciennes familles de l'Angoumois. François, aîné de douze enfants, portera le titre de prince de Marcillac jusqu'à la mort de son père en 1650.

1617 *Assassinat de Concini, favori de Marie de Médicis. Louis XIII prend pour premier ministre de Luynes. Marie de Médicis se retire à Blois, mais une partie de la noblesse lui reste fidèle.*

1624 *Richelieu devient premier ministre.*

1628 François, en tant qu'aîné, est destiné à la carrière des armes. Elevé à la campagne, il reçoit l'éducation d'un fils de grand seigneur : peu d'humanités, mais un peu de latin. Il n'a pas encore quinze ans qu'on lui fait épouser Andrée de Vivonne, qui lui donnera huit enfants.

1628 *Chute de La Rochelle, assiégée depuis un an par les troupes royales et dont les protestants avaient fait leur place forte.*

1629 *Richelieu décide Louis XIII à intervenir en Italie pour imposer un prince français au duché de Mantoue.*

1629-1630	François (16 ans) est nommé maître de camp du régiment d'Auvergne et fait ses premières armes en Italie.
1630	*Journée des Dupes. Richelieu déjoue la cabale montée contre lui par la noblesse et la reine mère.*
1631	Le jeune prince de Marcillac, qui s'est mêlé avec fougue aux intrigues de la noblesse, est embastillé huit jours et envoyé en exil dans sa terre de Verteuil, où il restera plusieurs années.
1635	*Louis XIII déclare la guerre à l'Espagne. Débuts désastreux : Espagnols et Impériaux encerclent la France ; la chute de Corbie (Somme) en 1636 menace directement Paris, mais la ville est reprise par les Français.*
1635-1636	Le prince de Marcillac reprend la carrière des armes. Il se bat en Flandre.
1639	Sa belle conduite attire sur lui l'attention de Richelieu qui lui propose de « le faire servir de maréchal de camp ». Marcillac refuse : il reste dans l'opposition.
1642	*Mort de Richelieu. Mazarin lui succède.*
1643	*Mort de Louis XIII. Régence d'Anne d'Autriche.*
1646	Les ambitions de Marcillac sont habilement déjouées par Mazarin, qui lui permet d'acheter — et fort cher — la charge de gouverneur du Poitou. Marcillac rejoint, comme volontaire, l'armée du duc d'Enghien en Flandre : il reçoit trois coups de mousquet au siège de Mardick.
1648	Furieux de se voir refuser le droit de porter, avant la mort de son père, le titre de duc, Marcillac se jette dans la Fronde des Princes. Il devient lieutenant général de l'armée rebelle et il est grièvement blessé.
1650	*En janvier, Mazarin fait arrêter les princes, dont Condé.*

1650	Marcillac se retire en Poitou, gagné à la nouvelle Fronde. En février, à l'occasion des obsèques de son père, le nouveau duc de La Rochefoucauld tente de soulever la noblesse de la province contre le roi. Il s'allie, avec Condé, aux Espagnols. Par ordre de Mazarin, son château de Verteuil est rasé.
1652	La Rochefoucauld participe dans les rangs de l'armée de Condé à la bataille de Bléneau, puis aux combats de la porte Saint-Antoine à Paris contre les troupes royales commandées par Turenne. Il reçoit en plein visage une décharge de mousquet qui le rend presque aveugle. Les coalisés triomphants ne tardent pas à se quereller et Condé doit quitter Paris tandis que la Cour y revient. Amnistie. Désabusé, La Rochefoucauld se retire dans ses terres et rédige ses *Mémoires* (qui ne paraîtront intégralement qu'au XIXe siècle).
1653	Il consent à se rallier et prête serment au roi.
1653	*Fin de la Fronde. Retour de Mazarin à Paris.*
1659	La Rochefoucauld a terminé sa vie de conspirateur et de soldat. Il n'est plus désormais qu'un bel esprit. Il est rentré en grâce à la Cour. Louis XIV lui accorde une pension.
1659	*Traité des Pyrénées qui met fin aux hostilités entre la France et l'Espagne.*
1660	*Mariage de Louis XIV avec Marie-Thérèse, fille du roi d'Espagne.*
1661	*Mort de Mazarin.*
1662	La Rochefoucauld est promu à l'ordre du Saint-Esprit. Parution dans un ouvrage collectif de copies fragmentaires que l'on a faites de ses *Mémoires* concernant l'histoire de la Fronde.
1663	La Rochefoucauld fréquente les salons de Mlle de Scudéry, de Mlle de Montpensier et de Mme de Sablé. Chez cette dernière, la mode est aux « portraits » et aux « maximes ». Le manuscrit des *Maximes* du duc circule de main en main.

1664 Une édition des *Maximes*, parue à La Haye à l'insu de l'auteur, connaît très vite à Paris un succès de scandale.

1665 Véritable première édition à Paris des *Réflexions ou sentences et maximes morales*. Sous l'influence de Mme de La Fayette, à qui l'unira jusqu'à sa mort une tendre liaison, La Rochefoucauld a atténué le côté trop absolu de ses sentences.

1678 Cinquième édition des *Réflexions*, la plus complète et la dernière publiée du vivant de l'auteur.

1680 La Rochefoucauld expire dans la nuit du 16 au 17 mars, muni des derniers sacrements, entre les bras de Bossuet.

MAXIMES
DE
LA ROCHEFOUCAULD

C'ETAIT un jeu fort en vogue dans le salon de Mme de Sablé que celui des portraits et des maximes. On proposait un sujet ou un thème de morale et chacun y allait de son trait le plus vif, de son tour le plus piquant. On récoltait le tout, on comparait, et un « greffier » — rôle souvent assumé par le duc de La Rochefoucauld — était chargé de recopier les formules les meilleures élaborées en commun par ce cénacle de beaux esprits.

La Rochefoucauld, homme d'action raté et aigri, voit dans ce jeu littéraire un dérivatif et bientôt plus que cela : un genre où son expérience des hommes et la lucide analyse de leurs mobiles lui permettront de briller. Ce fier représentant d'une noblesse, que deux cardinaux tour à tour ont voulu mettre au pas, reste cabré dans son orgueil. Ses quelque vingt ans d'aventures dans le grouillement d'intrigues des Frondes ont démystifié sa psychologie. Au petit jeu des maximes, il bouscule les convenances et apporte des sentences péremptoires et sans illusions.

Dès 1663, son manuscrit circule de main en main et il n'est pas sans causer quelque effroi. Les mondains n'étaient pas habitués à une telle brutalité, qu'ils n'osent pas encore nommer franchise (sauf Retz qui, non sans malice, lui attribue le sobriquet de « La Franchise »). La princesse de Guyméné écrit, tout émue, à Mme de Sablé : « Ce que j'en ai vu [du manuscrit] ne me paraît pas plus fondé sur l'honneur de l'auteur que sur la vérité, car il ne croit point de libéralité sans intérêt, ni de pitié ; c'est qu'il juge tout le monde par lui-même. Pour le plus grand nombre il a raison... Mais assurément il y a des gens qui ne désirent autre chose que de faire du bien. » Mme de Schomberg se montre moins effarouchée : « Il y a en cet ouvrage beaucoup d'esprit, peu de bonté et *force vérités* que j'aurais ignorées toute ma vie si l'on ne m'en avait fait apercevoir. Je ne suis pas encore parvenue à cette habitude d'esprit où l'on ne connaît dans le monde ni honneur, ni bonté, ni probité. »

En 1664, la librairie Stenker, de La Haye, édite, à l'insu de l'auteur, ces *Maximes* qui font déjà tant jaser. L'année suivante, La Rochefoucauld se décide à les publier chez Barbin. Le titre exact est : *Réflexions ou sentences et maximes morales.*

La Rochefoucauld se lie avec Mme de La Fayette. Sous l'influence de sa tendre indulgence, il consent à atténuer l'excessive amertume de certaines pensées, à en ôter le caractère trop absolu par des « presque », des « le plus souvent », des « la plupart ».

Il parut quatre autres éditions du vivant de l'auteur : en 1666, 1671, 1675 et 1678. C'est à ce travail d'atténuation que nous font assister ces diverses éditions, mais aussi à un perfectionnement de la forme et à un enrichissement par le nombre des maximes (504 dans la dernière édition au lieu de 371 dans la première).

Tout en continuant à soulever des jugements contradictoires, l'ouvrage de La Rochefoucauld connut dans son siècle un succès qui s'est révélé durable, puisque nul aujourd'hui ne conteste à son auteur une des premières places, sinon la première, parmi les grands moralistes français.

De son pessimisme de grand seigneur désabusé, La Rochefoucauld a tiré un système qui ramène tous les sentiments et toutes les actions de l'homme à l'égoïsme et à l'intérêt personnel. Comme tous les systèmes, celui-ci est évidemment paradoxal et la vie se charge de nous montrer qu'en de nombreux cas notre égoïsme instinctif peut être surmonté. Il nous est loisible d'édifier une morale bien éloignée du schéma proposé par La Rochefoucauld, mais cette morale sera d'autant plus solide que nous l'aurons confrontée avec les réflexions de La Rochefoucauld. L'épreuve est salutaire et nous aide à acquérir cette qualité devant laquelle nous regimbons plus ou moins consciemment : la sincérité envers nous-même.

Enfin, il faut ajouter au crédit de La Rochefoucauld et de ceux de son espèce que dénoncer le mal ne signifie pas qu'on l'accepte.

JUGEMENTS
SUR
LA ROCHEFOUCAULD

Mᵐᵉ DE MAINTENON	Faites, je vous prie, mes compliments à M. de La Rochefoucauld, et dites-lui que le livre de Job et le livre des *Maximes* sont mes seules lectures.
LA BRUYERE	L'autre (ouvrage de morale — c'est-à-dire *Les Maximes*), qui est la production d'un esprit instruit par le commerce du monde et dont la délicatesse était égale à la pénétration, observant que l'amour-propre est dans l'homme la cause de tous ses faibles, l'attaque sans relâche, quelque part où il se trouve ; et cette unique pensée, comme multipliée en mille manière différentes, a toujours, par le choix des mots et par la variété de l'expression, la grâce de la nouveauté.
VOLTAIRE	Un des ouvrages, qui contribuèrent le plus à former le goût de la nation et à lui donner un esprit de justesse et de précision, fut le petit recueil des *Maximes* de François, duc de La Rochefoucauld. Quoiqu'il n'y ait presque qu'une vérité dans ce livre, qui est que l'amour-propre est le mobile de tout, cependant cette pensée se présente sous tant d'aspects variés qu'elle est presque toujours piquante. C'est moins un livre que des maté-

riaux pour orner un livre. On le lit avidement ; il accoutuma à penser et à renfermer ses pensées dans un tour vif, précis et délicat. C'était un mérite que personne n'avait avant lui en Europe...

LORD CHESTERFIELD	Si vous lisez le matin quelques maximes de La Rochefoucauld, considérez-les, examinez-les bien et comparez-les avec les originaux que vous touverez le soir.
PARISET	Cet homme a tout vu dans le cœur de l'homme. On y a peut-être fait jouer d'autres ressorts autrefois, il y a bien longtemps ; mais les peuples modernes seront plus longtemps encore comme il les a peints. C'est un vilain tableau d'un vilain modèle, mais il y a de la vérité.
SAINTE-BEUVE	Les *Maximes* de La Rochefoucauld ne contredisent en rien le christianisme : elles s'en passent. Otez de la morale janséniste la *rédemption* et vous avez La Rochefoucauld tout pur.
JACQUES DE LACRETELLE	Un moraliste ? Nullement. C'est un romancier, le premier en date de nos romanciers. Tout lui vient de l'imagination, de la brusque perception qu'il a d'un sentiment humain par la capture d'un regard ou d'un mot. Chacune de ses maximes est une intrigue découverte. Au lieu de développer l'histoire, il la réduit, lui donne une articulation, l'incline selon son humeur. Cette humeur est sombre. C'est peut-être qu'il souffre d'avoir à se resserrer ainsi et qu'il y a du raté dans l'écrivain, qui s'ajoute au mécompte du courtisan.
ARMAND HOOG	Le héros manqué entreprend de *dévaloriser* les sentiments auxquels il crut. Une apostasie... Le revers de la volonté de puissance, c'est justement de défigurer l'orgueil en amour-propre. Une sorte de fausse gloire où le cynisme apparaît un havre de grâce.

ADVIS AU LECTEUR (¹)

Voicy un portrait du cœur de l'homme que je donne au public sous le nom de *Reflexions ou Maximes morales*. Il court fortune de ne plaire pas à tout le monde, parce qu'on trouvera peut-estre qu'il ressemble trop, et qu'il ne flatte pas assez. Il y a aparence que l'intention du peintre n'a jamais esté de faire parroistre cet ouvrage, et qu'il seroit encore renfermé dans son cabinet si une méchante copie qui en a couru, et qui a passé même depuis quelque temps en Hollande, n'avoit obligé un de ses amis de m'en donner une autre, qu'il dit estre tout à fait conforme à l'original. Mais, toute correcte qu'elle est, possible n'évitera-t-elle pas la censure de certaines personnes qui ne peuvent souffrir que l'on se mesle de penetrer dans le fonds de leur cœur, et qui croyent estre en droit d'empescher que les autres les connoissent parce qu'elles ne veulent pas se connoistre elles-mêmes. Il est vray que, comme ces *Maximes* sont remplies de ces sortes de ve-

---

1. *Edition de 1665.*

ritez dont l'orgueil humain ne se peut accom-
moder, il est presque impossible qu'il ne se
soûleve contre-elles, et qu'elles ne s'atirent des
censeurs. Aussi est-ce pour eux que je mets
icy une *Lettre* que l'on m'a donnée, qui a esté
faite depuis que le manuscrit a paru, et dans
le temps que chacun se mesloit d'en dire son
avis. Elle m'a semblé assez propre pour répondre aux principales dificultez que l'on peut opposer aux *Reflexions*, et pour expliquer les
sentimens de leur auteur. Elle suffit pour faire
voir que ce qu'elles contiennent n'est autre
chose que l'abregé d'une morale conforme aux
pensées de plusieurs Peres de l'Eglise, et que
celuy qui les a inscrites a eu beaucoup de raison de croire qu'il ne pouvoit s'egarer en suivant de si bons guides, et qu'il luy estoit permis de parler de *l'Homme* comme les Peres en
ont parlé. Mais si le respect qui leur est deu
n'est pas capable de retenir le chagrin des critiques, s'ils ne font point de scrupule de condamner l'opinion de ces grands hommes en
condamnant ce livre, je prie le lecteur de ne
les pas imiter, de ne laisser point entraisner
son esprit au premier mouvement de son cœur,
et de donner ordre, s'il est possible, que
l'amour propre ne se mesle point dans le jugement qu'il en fera. Car, s'il le consulte, il ne
faut pas s'attendre qu'il puisse estre favorable
à ces *Maximes :* comme elles traittent *l'amour
propre* de corrupteur de la raison, il ne man-
quera pas de prévenir l'esprit contre elles. Il

faut donc prendre garde que cette prevention ne les justifie, et se persuader qu'il n'y a rien de plus propre à establir la verité de ces *Reflexions* que la chaleur et la subtilité que l'on temoignera pour les combattre. En effet, il sera difficile de faire croire à tout homme de bon sens que l'on les condamne par d'autre motif que celuy de l'interest caché, de l'orgueil et de l'amour propre. En un mot, le meilleur party que le lecteur ait à prendre est de se mettre d'accord dans l'esprit qu'il n'y a aucune de ces maximes qui le regarde en particulier, et qu'il en est seul excepté, bien qu'elles paroissent generales. Aprés cela je luy répond qu'il sera le premier à y souscrire, et qu'il croira qu'elles font encore grace au cœur humain. Voilà ce que j'avois à dire sur cet escrit en general ; pour ce qui est de la methode que l'on y eust peu observer, je croy qu'il eust esté à desirer que chaque *Maxime* eût eu un tiltre du sujet qu'elle traite, et qu'elles eussent esté mises dans un plus grand ordre ; mais je ne l'ay pû faire sans renverser entierement celuy de la copie qu'on m'a donnée ; et, comme il y a plusieurs *Maximes* sur une même matiere, ceux à qui j'en ay demandé avis ont jugé qu'il estoit plus expedient de faire une table à laquelle on aura recours pour trouver celles qui traittent d'une même chose.

DISCOURS SUR LES REFLEXIONS
OU SENTENCES ET MAXIMES MORALES ([1])

MONSIEUR,

Je ne saurais vous dire au vrai si les *Réflexions Morales* sont de M***, quoiqu'elles soient écrites d'une manière qui semble approcher de la sienne. Mais en ces occasions-là je me défie presque toujours de l'opinion publique, et c'est assez qu'elle lui en aie fait un présent pour me donner une juste raison de n'en rien croire. Voilà de bonne foi tout ce que je puis vous répondre sur la première chose que vous me demandez. Et, pour l'autre, si vous n'aviez bien du pouvoir sur moi, vous n'en auriez guère plus de contentement : car un homme prévenu au point que je le suis d'estime pour cet ouvrage n'a pas toute la liberté qu'il faut pour en bien juger. Néanmoins, puisque vous me l'ordonnez, je vous en dirai mon avis, sans vouloir m'ériger autrement en faiseur de dissertations, et sans y mêler en aucune façon l'intérêt de celui que l'on croit avoir

---

1. *Edition de 1665, republié dans l'édition de 1693.*

fait cet écrit. Il est aisé de voir d'abord qu'il n'était pas destiné pour paraître au jour, mais seulement pour la satisfaction d'une personne qui, à mon avis, n'aspire pas à la gloire d'être auteur ; et, si par hasard c'était M***, je puis vous dire que sa réputation est établie dans le monde par tant de meilleurs titres, qu'il n'aurait pas moins de chagrin de savoir que ces *Réflexions* sont devenues publiques qu'il en eut lorsque les *Mémoires* qu'on lui attribue furent imprimés. Mais vous savez, Monsieur, l'empressement qu'il y a dans le siècle pour publier toutes les nouveautés, et s'il y a moyen de l'empêcher quand on le voudrait, surtout celles qui courent sous des noms qui les rendent recommandables. Il n'y a rien de plus vrai, Monsieur, les noms font valoir les choses auprès de ceux qui n'en sauraient connaître le véritable prix. Celui des *Réflexions* est connu de peu de gens, quoique plusieurs se soient mêlés d'en dire leur avis. Pour moi, je ne me pique pas d'être assez délicat et assez habile pour en bien juger : je dis habile et délicat, parce que je tiens qu'il faut être pour cela l'un et l'autre ; et, quand je me pourrais flatter de l'être, je m'imagine que j'y trouverais peu de choses à changer. J'y rencontre partout de la force et de la pénétration, des pensées élevées et hardies, le tour de l'expression noble et accompagné d'un certain air de qualité qui n'appartient pas à tous ceux qui se mêlent d'écrire. Je demeure d'accord qu'on n'y trouvera pas tout l'ordre ni tout l'art que l'on y pourrait souhaiter, et qu'un savant qui aurait un plus grand loisir y aurait pu mettre plus d'arrangement ; mais un homme qui n'écrit que pour soi et pour délasser son esprit, qui écrit les choses à mesure qu'elles lui viennent dans la pensée, n'affecte pas tant de suivre les règles que celui qui écrit de profession, qui s'en fait une affaire, et qui songe à s'en faire honneur. Ce désordre néanmoins a ses grâces, et des grâces que l'art ne peut imiter. Je ne sais pas si vous êtes de mon goût, mais, quand les savants m'en devraient vouloir du mal, je ne puis m'empêcher de dire que je préférerai toute ma vie la manière d'écrire négligée d'un courtisan qui a de l'esprit à la régularité gênée d'un docteur qui n'a jamais rien vu que ses livres. *Plus ce qu'il dit et ce qu'il écrit paraît aisé et dans un certain air d'un homme qui se néglige, plus cette négligence, qui cache l'art sous une expression simple et naturelle, lui donne d'agrément*[1]. C'est de Tacite que je tiens ceci ; je vous mets à la marge le passage latin, que vous lirez si vous en avez envie, et j'en userai de même de tous ceux dont je me souviendrai, n'étant pas assuré si vous aimez cette langue, qui n'entre guère dans le commerce du grand monde, quoique je sache que vous l'entendez parfaitement. N'est-il pas vrai, Monsieur, que

---

1. *Dicta factaque ejus quanto solutiora, et quamdam sui negligentiam præferentia, tanto gratius in speciem simplicitatis accipiebantur.* (TAC., Ann., I. 16.)

cette justesse recherchée avec trop d'étude a toujours un je ne sais quoi de contraint qui donne du dégoût, et qu'on ne trouve jamais dans les ouvrages de ces gens esclaves des règles ces beautés où l'art se déguise sous les apparences du naturel, ce don d'écrire facilement et noblement, enfin ce que le Tasse a dit du palais d'Armide :

> Stimi (si misto il culto è col negletto)
> Sol naturali gli ornamenti e i siti.
> Di natura arte par, che per diletto
> L'imitatrice sua scherzando imiti.

(Tass., cant. 16.)

Voilà comme un poëte français l'a pensé après lui :

> L'artifice n'a point de part
> Dans cette admirable structure ;
> La nature, en formant tous les traits au hasard,
> Sait si bien imiter la justesse de l'art,
> Que l'œil, trompé d'une douce imposture,
> Croit que c'est l'art qui fait l'ordre de la nature.

Voilà ce que je pense de l'ouvrage en général ; mais je vois bien que ce n'est pas assez pour vous satisfaire, et que vous voulez que je réponde plus précisément aux difficultés que vous me dites que l'on vous a faites. Il me semble que la première est celle-ci : *Que les Réflexions détruisent toutes les vertus*. On peut dire à cela que l'intention de celui qui les a écrites paraît fort éloignée de les vouloir détruire ; il prétend seulement faire voir qu'il n'y en a presque point de pures dans le monde, et que dans la plupart de nos actions il y a un mélange d'erreur et de vérité, de perfection et d'imperfection, de vice et de vertu ; il regarde le cœur de l'homme corrompu, attaqué de l'orgueil et de l'amour-propre, et environné de mauvais exemples, comme le commandant d'une ville assiégée à qui l'argent a manqué : il fait de la monnaie de cuir et de carton. Cette monnaie a la figure de la bonne, on la débite pour le même prix, mais ce n'est que la misère et le besoin qui lui donnent cours parmi les assiégés. De même la plupart des actions des hommes que le monde prend pour des vertus n'en ont bien souvent que l'image et la ressemblance. Elles ne laissent pas néanmoins d'avoir leur mérite et d'être dignes en quelque sorte de notre estime, étant très difficile d'en avoir humainement de meilleures. Mais, quand il serait vrai qu'il croirait qu'il n'y en aurait aucune de véritable dans l'homme en le considérant dans un état purement naturel, il ne serait pas le premier qui aurait eu cette opinion. Si je ne craignais pas de m'ériger trop en docteur, je vous citerais bien des auteurs, et même des Pères de l'Eglise et de grands saints, qui ont pensé que l'amour-propre et l'orgueil étaient l'âme des plus belles actions des païens. Je vous ferais voir que quelques-uns d'entre eux n'ont pas même pardonné à la chasteté de Lucrèce, que tout le monde avait cru vertueuse, jusqu'à ce qu'ils eussent découvert la fausseté de cette vertu, qui avait produit la liberté de

Rome, et qui s'était attiré l'admiration de tant de siècles. Pensez-vous, Monsieur, que Sénèque, qui faisait aller son sage de pair avec les dieux, fût véritablement sage lui-même, et qu'il fût persuadé de ce qu'il voulait persuader aux autres ? Son orgueil n'a pu l'empêcher de dire quelquefois *qu'on n'avait point vu dans le monde d'exemple de l'idée qu'il proposait ; qu'il était impossible de trouver une vertu si achevée parmi les hommes, et que le plus parfait d'entre eux était celui qui avait le moins de défauts.* Il demeure d'accord que *l'on peut reprocher à Socrate d'avoir eu quelques amitiés suspectes, à Platon et Aristote d'avoir été avares, à Epicure prodigue et voluptueux ;* mais il s'écrie en même temps que *nous serions trop heureux d'être parvenus à savoir imiter leurs vices.* Ce philosophe aurait eu raison d'en dire autant des siens, car on ne serait pas trop malheureux de pouvoir jouir comme il a fait de toute sorte de biens, d'honneurs et de plaisirs, en affectant de les mépriser ; de se voir le maître de l'empire et de l'empereur, et l'amant de l'impératrice en même temps ; d'avoir de superbes palais, des jardins délicieux, et de prêcher aussi à son aise qu'il faisait la modération et la pauvreté, au milieu de l'abondance et des richesses. Pensez-vous, Monsieur, que ce stoïcien, qui contrefaisait si bien le maître de ses passions, eut d'autres vertus que celles de bien cacher ses vices, et qu'en se faisant couper les veines, il ne se repentit pas plus d'une fois d'avoir laissé à son disciple le pouvoir de le faire mourir ? Regardez un peu de près ce faux brave, vous verrez qu'en faisant de beaux raisonnements sur l'immortalité de l'âme, il cherche à s'étourdir sur la crainte de la mort. Il ramasse toutes ses forces pour faire bonne mine ; il se mord la langue de peur de dire que la douleur est un mal ; il prétend que la raison peut rendre l'homme impassible, et, au lieu d'abaisser son orgueil, il le relève au-dessus de la Divinité. Il nous aurait bien plus obligés de nous avouer franchement les faiblesses et la corruption du cœur humain que de prendre tant de peine à nous tromper. L'auteur des *Réflexions* n'en fait pas de même : il expose au jour toutes les misères de l'homme, mais c'est de l'homme abandonné à sa conduite qu'il parle, et non pas du chrétien. Il fait voir que, malgré tous les efforts de sa raison, l'orgueil et l'amour-propre ne laissent pas de se cacher dans les replis de son cœur, d'y vivre et d'y conserver assez de forces pour répandre leur venin, sans qu'il s'en aperçoive, dans la plupart de ses mouvements.

La seconde difficulté que l'on vous a faite, et qui a beaucoup de rapport à la première, est que *les Réflexions passent dans le monde pour des subtilités d'un censeur qui prend en mauvaise part les actions les plus indifférentes, plutôt que pour des vérités solides.* Vous me dites que quelques-uns de vos amis vous ont assuré de bonne foi qu'ils savaient par leur propre expérience que l'on fait quelquefois le bien sans avoir d'autre vue que celle du bien, et souvent même sans en avoir aucune, ni pour le bien, ni pour le mal, mais par une droiture naturelle du cœur, qui le porte sans y penser vers ce qui est bon. Je voudrais qu'il me fût permis de croire ces gens-là sur leur parole, et qu'il fût vrai que la nature humaine n'eût que des mouvements raisonnables, et que toutes nos actions fussent naturellement vertueuses. Mais, Monsieur, comment accorderons-nous le témoignage de vos amis avec les sentiments des mêmes Pères de l'Eglise qui ont assuré *que toutes nos vertus, sans le secours de la foi, n'étaient que des imperfections ; que notre volonté était née aveugle, que ses désirs étaient aveugles, sa conduite encore plus aveugle, et qu'il ne fallait pas s'étonner si, parmi tant d'aveuglement, l'homme était dans un égarement continuel ?* Ils en ont parlé encore plus fortement, car ils ont dit qu'en cet état, *la prudence de l'homme ne pénétrait dans l'avenir et n'ordonnait rien que par rapport à l'orgueil ; que sa tempérance ne modérait aucun excès que celui que l'orgueil avait condamné ; que sa constance ne se soutenait dans les malheurs qu'autant qu'elle était soutenue par l'orgueil ; et enfin que toutes ses vertus, avec cet éclat extérieur de mérite qui les faisait admirer, n'avaient pour but que cette admiration, l'amour d'une vaine gloire et l'intérêt de l'orgueil.* On trouverait un nombre presque infini

d'autorités sur cette opinion ; mais, si je m'en-
gageais à vous les citer régulièrement, j'en aurais un peu plus de peine, et vous n'en auriez
pas plus de plaisir. Je pense donc que le meilleur pour vous et pour moi sera de vous en
faire voir l'abrégé dans six vers d'un excellent
poète de notre temps :

Si le jour de la foi n'éclaire la raison,
Notre goût dépravé tourne tout en poison ;
Toujours de notre orgueil la subtile imposture
Au bien qu'il semble aimer fait changer de nature,
Et, dans le propre amour dont l'homme est revêtu,
Il se rend criminel même par sa vertu.

(BREBEUF, *Entr. Sol.*).

S'il faut néanmoins demeurer d'accord que
vos amis ont le don de cette foi vive qui redresse
toutes les mauvaises inclinations de l'amour-
propre, si Dieu leur fait des grâces extraordinaires, s'il les sanctifie dès ce monde, je sous-
cris de bon cœur à leur canonisation, et je leur
déclare que les *Réflexions morales* ne les regardent point. Il n'y a pas apparence que celui qui
les a écrites en veuille à la vertu des saints ; il
ne s'adresse, comme je vous ai dit, qu'à l'homme
corrompu. Il soutient qu'il fait presque toujours
du mal quand son amour-propre le flatte qu'il
fait le bien, et qu'il se trompe souvent lorsqu'il
veut juger de lui-même, parce que la nature ne
se déclare pas en lui sincèrement des motifs
qui le font agir. Dans cet état malheureux, où
l'orgueil est l'âme de tous ses mouvements, les

saints mêmes sont les premiers à lui déclarer la guerre, et le traitent plus mal sans comparaison que ne fait l'auteur des *Réflexions*. S'il vous prend quelque jour envie de voir les passages que j'ai trouvés dans leurs écrits sur ce sujet, vous serez aussi persuadé que je le suis de cette vérité ; mais je vous supplie de vous contenter à présent de ces vers, qui vous expliqueront une partie de ce qu'ils en ont pensé :

Le désir des honneurs, des biens et des délices,
Produit seul ses vertus, comme il produit ses vices,
Et l'aveugle intérêt qui règne dans son cœur
Va d'objet en objet et d'erreur en erreur.
Le nombre de ses maux s'accroît par leur remède,
Au mal qui se guérit un autre mal succède.
Au gré de ce tyran, dont l'empire est caché,
Un péché se détruit par un autre péché.

(Brebeuf, *Entr. Sol.*).

Montagne, que j'ai quelque scrupule de vous citer auprès des Pères de l'Eglise, dit assez heureusement sur ce même sujet : *que son âme a deux visages différents ; qu'elle a beau se replier sur elle-même, elle n'aperçoit jamais que celui que l'amour-propre a déguisé, pendant que l'autre se découvre par ceux qui n'ont point de part à ce déguisement.* Si j'osais enchérir sur une métaphore si hardie, je dirais que l'âme de l'homme corrompu est faite comme ces médailles qui représentent la figure d'un saint et celle d'un démon dans une seule face et par les mêmes traits. Il n'y a que la diverse situation de ceux qui la regardent qui change l'objet : l'un voit le saint, et l'autre voit le démon. Ces comparaisons nous font assez comprendre que, quand l'amour-propre a séduit le cœur, l'orgueil aveugle tellement la raison, et répand tant d'obscurité dans toutes ses connaissances, qu'elle ne peut juger du moindre de nos mouvements, ni former d'elle-même aucun discours assuré pour notre conduite. *Les hommes,* dit Horace, *sont sur la terre comme une troupe de voyageurs que la nuit a surpris en passant dans une forêt. Ils marchent sur la foi d'un guide qui les égare aussitôt, ou par malice, ou par ignorance ; chacun d'eux se met en peine de retrouver le chemin ; ils prennent tous diverses routes, et chacun croit suivre la bonne ; plus il le croit, et plus il s'en écarte ; mais, quoique leurs égarements soient différents, ils n'ont pourtant qu'une même cause : c'est le guide qui les a trompés, et l'obscurité de la nuit qui les empêche de se redresser.* Peut-on mieux dépeindre l'aveuglement et les inquiétudes de l'homme abandonné à sa propre conduite, qui n'écoute que les conseils de son orgueil, qui croit aller naturellement droit au bien, et qui s'imagine toujours que le dernier qu'il recherche est le meilleur ? N'est-il pas vrai que, dans le temps qu'il se flatte de faire des actions vertueuses, c'est alors que l'égarement de son cœur est plus dangereux ? Il y a un si grand nombre de roues qui composent le mouvement de cette horloge, et le principe en est si caché, qu'encore que nous voyions ce que marque la montre, nous ne savons pas quel est le ressort qui conduit l'aiguille sur toutes les heures du cadran.

La troisième difficulté que j'ai à résoudre est que *beaucoup de personnes trouvent de l'obscurité dans le sens et dans l'expression de ces Réflexions.* L'obscurité, comme vous savez, Monsieur, ne vient pas toujours de la faute de celui qui écrit. Les *Réflexions,* ou, si vous voulez, les *Maximes* et les *Sentences,* comme le monde a nommées celles-ci, doivent être écrites dans un style serré, qui ne permet pas de donner aux choses toute la clarté qui serait à désirer ; ce sont les premiers traits du tableau : les yeux habiles y remarquent bien toute la finesse de l'art et la beauté de la pensée du peintre ; mais cette beauté n'est pas faite pour tout le monde, et, quoique ces traits ne soient point remplis de couleurs, ils n'en sont pas moins des coups de maître. Il faut donc se donner le loisir de pénétrer le sens et la force des paroles ; il faut que l'esprit parcoure toute l'étendue de leur signification avant que de se reposer pour en former le jugement.

La quatrième difficulté est, ce me semble, que *les Maximes sont presque partout trop générales.* On vous a dit *qu'il est injuste d'étendre sur tout le genre humain des défauts qui ne se trouvent qu'en quelques hommes.* Je sais, outre ce que vous me mandez des différents sentiments que vous en avez entendus, ce que l'on oppose d'ordinaire à ceux qui découvrent et qui condamnent les vices. On appelle leur censure le portrait du peintre ; on dit qu'ils sont comme les malades de la jaunisse, qu'ils voient tout jaune parce qu'ils le sont eux-mêmes. Mais, s'il était vrai que pour censurer la corruption du cœur en général il fallût la ressentir en particulier plus qu'un autre, il faudrait aussi demeurer d'accord que ces philosophes dont Diogène de Laerce nous rapporte les sentences étaient les hommes les plus corrompus de leur siècle ; il faudrait faire le procès à la mémoire de Caton, et croire que c'était le plus méchant homme de la République, parce qu'il censurait les vices de Rome. Si cela est, Monsieur, je ne pense pas que l'auteur des *Réflexions,* quel qu'il puisse être, trouve rien à redire au chagrin de ceux qui le condamneront, quand, à la religion près, on ne le croira pas plus homme de bien ni plus sage que Caton. Je dirai encore, pour ce qui regarde les termes que l'on trouve trop généraux, qu'il est difficile de les restreindre dans les sentences sans leur ôter tout le sel et toute la force ; il me semble, outre cela, que l'usage nous fait voir que sous des expressions générales l'esprit ne laisse pas de sous-entendre de lui-même des restrictions: par exemple quand on dit : *Tout Paris fut au-devant du Roi, toute la Cour est dans la joie,* ces façons de parler ne signifient néanmoins que la plus grande partie. Si vous croyez que ces raisons ne suffisent pas pour fermer la bouche aux critiques, ajoutons-y que, quand on se scandalise si aisément des termes d'une censure générale, c'est à cause qu'elle nous pique trop vivement dans l'endroit le plus sensible du cœur.

Néanmoins il est certain que nous connaissons vous et moi bien des gens qui ne se scandalisent pas de celle des *Réflexions*, j'entends de ceux qui ont l'hypocrisie en aversion, et qui avouent de bonne foi ce qu'ils sentent en eux-mêmes et ce qu'ils remarquent dans les autres. Mais peu de gens sont capables d'y penser ou s'en veulent donner la peine, et, si par hasard ils y pensent, ce n'est jamais sans se flatter. Souvenez-vous, s'il vous plaît, de la manière dont notre ami Guarini traite ces gens-là.

> *Huomo sono, e mi preggio d'esser humano ;*
> *E teco, che sei huomo,*
> *E ch' altro esser non puoi,*
> *Come huomo parlo di cosa humana,*
> *E se di cotal nome forse ti sdegni,*
> *Guarda, garzon superbo,*
> *Che, nel dishumanarti,*
> *Non divenghi una fiera, anzi ch'un dio.*

(GUARINI, *Past. Fid.*, acte I, scène 1).

Voilà, Monsieur, comme il faut parler de l'orgueil de la nature humaine, et, au lieu de se fâcher contre le miroir qui nous fait voir nos défauts, au lieu de savoir mauvais gré à ceux qui nous les découvrent, ne vaudrait-il pas mieux nous servir des lumières qu'ils nous donnent pour connaître l'amour-propre et l'orgueil, et pour nous garantir des surprises continuelles qu'ils font à notre raison ? Peut-on jamais donner assez d'aversion pour ces deux vices qui furent les causes funestes de la révolte de notre premier père, ni trop décrier ces sources malheureuses de toutes nos misères ?

Que les autres prennent donc comme ils voudront les *Réflexions morales ;* pour moi, je les considère comme peinture ingénieuse de toutes les singeries du faux sage ; il me semble que dans chaque trait *l'amour de la vérité lui ôte le masque et le montre tel qu'il est.* Je les regarde comme des leçons d'un maître qui entend parfaitement l'art de connaître les hommes, qui démêle admirablement bien tous les rôles qu'ils jouent dans le monde, et qui non seulement nous fait prendre garde aux différents caractères des personnages du théâtre, mais encore qui nous fait voir, en levant un coin du rideau, que cet amant et ce roi de la comédie sont les mêmes acteurs qui font le docteur et le bouffon dans la farce. Je vous avoue que je n'ai rien lu de notre temps qui m'ait donné plus de mépris pour l'homme et plus de honte de ma propre vanité. Je pense toujours trouver à l'ouverture du livre quelque ressemblance aux mouvements secrets de mon cœur ; je me tâte moi-même pour examiner s'il dit vrai, et je trouve qu'il le dit presque toujours et de moi et des autres plus qu'on ne voudrait. D'abord j'en ai quelque dépit, je rougis quelquefois de voir qu'il ait deviné, mais je sens bien, à force de le lire, que, si je n'apprends à devenir plus sage, j'apprends au moins à connaître que je ne le suis pas ; j'apprends enfin, par l'opinion qu'il me donne de moi-même, à ne me répandre pas sottement dans l'admiration de toutes ces vertus dont l'éclat nous saute aux yeux : les hypocrites passent mal leur temps à la lecture d'un livre comme celui-là. Défiez-vous donc, Monsieur, de ceux qui vous en diront du mal, et soyez assuré qu'ils n'en disent que parce qu'ils sont au désespoir de voir révéler des mystères qu'ils voudraient pouvoir cacher toute leur vie aux autres et à eux-mêmes.

En ne voulant vous faire qu'une lettre, je me suis engagé insensiblement à vous écrire un grand discours ; appelez-le comme vous voudrez, ou discours ou lettre, il ne m'importe, pourvu que vous en soyez content et que vous me fassiez l'honneur de me croire,

MONSIEUR,

Votre, etc.

LE LIBRAIRE AU LECTEUR (¹)

Cette cinquième édition des *Réflexions morales* est augmentée de plus de cent nouvelles maximes, et plus exacte que les quatre premières. L'approbation que le public leur a donnée est au-dessus de ce que je puis en leur faveur ; et, si elles sont telles que je les crois, comme j'ai sujet d'en être persuadé, on ne pourrait leur faire plus de tort que de s'imaginer qu'elles eussent besoin d'apologie. Je me contenterai de vous avertir de deux choses : l'une, que par le mot d'*Intérêt* on n'entend pas toujours un intérêt de bien, mais le plus souvent un intérêt d'honneur ou de gloire ; et l'autre (qui est comme le fondement de toutes ces réflexions), que celui qui les a faites n'a considéré les hommes que dans cet état déplorable de la nature corrompue par le péché ; et qu'ainsi la manière dont il parle de ce nombre infini de défauts qui se rencontrent dans leurs vertus appa-

---

1. *Edition de 1678.*

rentes ne regarde point ceux que Dieu en préserve par une grâce particulière.

Pour ce qui est de l'ordre de ces réflexions, on n'aura pas de peine à juger que, comme elles sont toutes sur des matières différentes, il était difficile d'y en observer ; et, bien qu'il y en ait plusieurs sur un même sujet, on n'a pas cru les devoir toujours mettre de suite, de crainte d'ennuyer le lecteur.

REFLEXIONS MORALES

Nos vertus ne sont le plus souvent
que des vices déguisés.

I

CE que nous prenons pour des vertus
n'est souvent qu'un assemblage de diverses actions et de divers intérêts, que la fortune ou notre industrie savent arranger ; et ce n'est pas toujours par valeur et par chasteté que les hommes sont vaillants et que les femmes sont chastes.

II

L'amour-propre est le plus grand de tous les flatteurs.

III

Quelque découverte que l'on ait faite dans le pays de l'amour-propre, il y reste encore bien des terres inconnues.

IV

L'amour-propre est plus habile que le plus habile homme du monde.

V

La durée de nos passions ne dépend pas plus de nous que la durée de notre vie.

VI

La passion fait souvent un fou du plus habile homme, et rend souvent les plus sots habiles.

VII

Ces grandes et éclatantes actions qui éblouissent les yeux sont représentées par les politiques comme les effets des grands desseins, au lieu que ce sont d'ordinaire les effets de l'humeur et des passions. Ainsi la guerre d'Auguste et d'Antoine, qu'on rapporte à l'ambition qu'ils avaient de se rendre maîtres du monde, n'était peut-être qu'un effet de jalousie.

VIII

Les passions sont les seuls orateurs qui persuadent toujours. Elles sont comme un art

de la nature dont les règles sont infaillibles ;
et l'homme le plus simple qui a de la passion
persuade mieux que le plus éloquent qui n'en
a point.

IX

Les passions ont une injustice et un propre intérêt qui fait qu'il est dangereux de les
suivre, et qu'on s'en doit défier lors même
qu'elles paraissent les plus raisonnables.

X

Il y a dans le cœur humain une génération
perpétuelle de passions, en sorte que la ruine
de l'une est presque toujours l'établissement
d'une autre.

XI

Les passions en engendrent souvent qui leur
sont contraires. L'avarice produit quelquefois la prodigalité, et la prodigalité l'avarice;
on est souvent ferme par faiblesse, et audacieux par timidité.

XII

Quelque soin que l'on prenne de couvrir
ses passions par des apparences de piété et

d'honneur, elles paraissent toujours au travers de ces voiles.

XIII

Notre amour-propre souffre plus impatiemment la condamnation de nos goûts que de nos opinions.

XIV

Les hommes ne sont pas seulement sujets à perdre le souvenir des bienfaits et des injures : ils haïssent même ceux qui les ont obligés, et cessent de haïr ceux qui leur ont fait des outrages. L'application à récompenser le bien et à se venger du mal leur paraît une servitude à laquelle ils ont peine de se soumettre.

XV

La clémence des princes n'est souvent qu'une politique pour gagner l'affection des peuples.

XVI

Cette clémence, dont on fait une vertu, se pratique tantôt par vanité, quelquefois par paresse, souvent par crainte, et presque toujours par tous les trois ensemble.

XVII

La modération des personnes heureuses vient du calme que la bonne fortune donne à leur humeur.

XVIII

La modération est une crainte de tomber dans l'envie et dans le mépris que méritent ceux qui s'enivrent de leur bonheur : c'est une vaine ostentation de la force de notre esprit ; et enfin, la modération des hommes dans leur plus haute élévation est un désir de paraître plus grands que leur fortune.

XIX

Nous avons tous assez de force pour supporter les maux d'autrui.

XX

La constance des sages n'est que l'art de renfermer leur agitation dans le cœur.

XXI

Ceux qu'on condamne au supplice affectent quelquefois une constance et un mépris de la mort qui n'est en effet que la crainte de l'envisager, de sorte qu'on peut dire que cette constance et ce mépris sont à leur esprit ce que le bandeau est à leurs yeux.

XXII

La philosophie triomphe aisément des maux passés et des maux à venir ; mais les maux présents triomphent d'elle.

XXIII

Peu de gens connaissent la mort. On ne la souffre ,pas ordinairement par résolution, mais par stupidité et par coutume ; et la plupart des hommes meurent parce qu'on ne peut s'empêcher de mourir.

XXIV

Lorsque les grands hommes se laissent abattre par la longueur de leurs infortunes, ils font voir qu'ils ne les soutenaient que par la force de leur ambition, et non par celle de leur âme, et qu'à une grande vanité près, les héros sont faits comme les autres hommes.

XXV

Il faut de plus grandes vertus pour soutenir la bonne fortune que la mauvaise.

XXVI

Le soleil ni la mort ne se peuvent regarder fixement.

XXVII

On fait souvent vanité des passions même les plus criminelles ; mais l'envie est une passion timide et honteuse que l'on n'ose jamais avouer.

XXVIII

La jalousie est en quelque manière juste et raisonnable, puisqu'elle ne tend qu'à conserver un bien qui nous appartient ou que nous croyons nous appartenir ; au lieu que l'envie est une fureur qui ne peut souffrir le bien des autres.

XXIX

Le mal que nous faisons ne nous attire pas tant de persécution et de haine que nos bonnes qualités.

XXX

Nous avons plus de force que de volonté, et c'est souvent pour nous excuser à nousmême que nous nous imaginons que les choses sont impossibles.

XXXI

Si nous n'avions point de défauts, nous ne prendrions pas tant de plaisir à en remarquer dans les autres.

XXXII

La jalousie se nourrit dans les doutes et elle devient fureur, ou elle finit sitôt qu'on passe du doute à la certitude.

XXXIII

L'orgueil se dédommage toujours, et ne perd rien lors même qu'il renonce à la vanité.

XXXIV

Si nous n'avions point d'orgueil, nous ne nous plaindrions pas de celui des autres.

XXXV

L'orgueil est égal dans tous les hommes, et il n'y a de différence qu'aux moyens et à la manière de le mettre au jour.

XXXVI

Il semble que la nature, qui a si sagement disposé les organes de notre corps pour nous rendre heureux, nous ait aussi donné l'orgueil pour nous épargner la douleur de connaître nos imperfections.

XXXVII

L'orgueil a plus de part que la bonté aux remontrances que nous faisons à ceux qui commettent des fautes ; et nous ne les reprenons pas tant pour les en corriger que pour leur persuader que nous en sommes exempts.

XXXVIII

Nous promettons selon nos espérances, et nous tenons selon nos craintes.

XXXIX

L'intérêt parle toutes sortes de langues et joue toutes sortes de personnages, même celui de désintéressé.

XL

L'intérêt, qui aveugle les uns, fait la lumière des autres.

XLI

Ceux qui s'appliquent trop aux petites choses deviennent ordinairement incapables des grandes.

XLII

Nous n'avons pas assez de force pour suivre toute notre raison.

XLIII

L'homme croit souvent se conduire lorsqu'il est conduit ; et, pendant que par son esprit il tend à un but, son cœur l'entraîne insensiblement à un autre.

XLIV

La force et la faiblesse de l'esprit sont mal nommées : elles ne sont en effet que la bonne ou la mauvaise disposition des organes du corps.

XLV

Le caprice de notre humeur est encore plus bizarre que celui de la fortune.

XLVI

L'attachement ou l'indifférence que les philosophes avaient pour la vie n'était qu'un goût de leur amour-propre, dont on ne doit non plus disputer que du goût de la langue ou du choix des couleurs.

XLVII

Notre humeur met le prix à tout ce qui nous vient de la fortune.

XLVIII

La félicité est dans le goût, et non pas dans les choses ; et c'est par avoir ce qu'on aime qu'on est heureux, et non par avoir ce que les autres trouvent aimable.

XLIX

On n'est jamais si heureux ni si malheureux qu'on s'imagine.

L

Ceux qui croient avoir du mérite se font un honneur d'être malheureux, pour persuader aux autres et à eux-mêmes qu'ils sont dignes d'être en butte à la fortune.

LI

Rien ne doit tant diminuer la satisfaction que nous avons de nous-mêmes que de voir que nous désapprouvons dans un temps ce que nous approuvions dans un autre.

LII

Quelque différence qui paraisse entre les fortunes, il y a néanmoins une certaine compensation de biens et de maux qui les rend égales.

LIII

Quelques grands avantages que la nature donne, ce n'est pas elle seule, mais la fortune avec elle, qui fait les héros.

LIV

Le mépris des richesses était dans les philosophes un désir caché de venger leur mérite de l'injustice de la fortune par le mépris des mêmes biens dont elle les privait ; c'était un secret pour se garantir de l'avilissement de la pauvreté ; c'était un chemin détourné pour aller à la considération, qu'ils ne pouvaient avoir par les richesses.

LV

La haine pour les favoris n'est autre chose que l'amour de la faveur. Le dépit de ne la pas posséder se console et s'adoucit par le mépris que l'on témoigne de ceux qui la possèdent, et nous leur refusons nos hommages, ne pouvant pas leur ôter ce qui leur attire ceux de tout le monde.

LVI

Pour s'établir dans le monde, on fait tout ce que l'on peut pour y paraître établi.

LVII

Quoique les hommes se flattent de leurs grandes actions, elles ne sont pas souvent les effets d'un grand dessein, mais des effets du hasard.

LVIII

Il semble que nos actions aient des étoiles heureuses ou malheureuses à qui elles doivent une grande partie de la louange et du blâme qu'on leur donne.

LIX

Il n'y a point d'accidents si malheureux dont les faibles gens ne tirent quelque avantage, ni de si heureux que les imprudents ne puissent tourner à leur préjudice.

LX

La fortune tourne tout à l'avantage de ceux qu'elle favorise.

LXI

Le bonheur et le malheur des hommes ne dépend pas moins de leur humeur que de la fortune.

LXII

La sincérité est une ouverture de cœur. On la trouve en fort peu de gens, et celle que l'on voit d'ordinaire n'est qu'une fine dissimulation pour attirer la confiance des autres.

LXIII

L'aversion du mensonge est souvent une imperceptible ambition de rendre nos témoignages considérables et d'attirer à nos paroles un respect de religion.

LXIV

La vérité ne fait pas tant de bien dans le monde que ses apparences y font de mal.

LXV

Il n'y a point d'éloges qu'on ne donne à la prudence ; cependant elle ne saurait nous assurer du moindre événement.

LXVI

Un habile homme doit régler le rang de ses intérêts et les conduire chacun dans son ordre. Notre avidité le trouble souvent, en nous faisant courir a tant de choses à la fois que, pour désirer trop les moins importantes, on manque les plus considérables.

LXVII

La bonne grâce est au corps ce que le bon sens est à l'esprit.

LXVIII

Il est difficile de définir l'amour. Ce qu'on en peut dire est que, dans l'âme, c'est une passion de régner ; dans les esprits, c'est une sympathie, et dans le corps, ce n'est qu'une envie cachée et délicate de posséder ce que l'on aime après beaucoup de mystères.

LXIX

S'il y a un amour pur et exempt du mélange de nos autres passions, c'est celui qui est caché au fond du cœur et que nous ignorons nous-mêmes.

LXX

Il n'y a point de déguisement qui puisse longtemps cacher l'amour où il est, ni le feindre où il n'est pas.

LXXI

Il n'y a guère de gens qui ne soient honteux de s'être aimés, quand ils ne s'aiment plus.

LXXII

Si on juge de l'amour par la plupart de ses effets, il ressemble plus à la haine qu'à l'amitié.

LXXIII

On peut trouver des femmes qui n'ont jamais eu de galanterie, mais il est rare d'en trouver qui n'en aient jamais eu qu'une.

LXXIV

Il n'y a que d'une sorte d'amour, mais il y en a mille différentes copies.

LXXV

L'amour, aussi bien que le feu, ne peut subsister sans un mouvement continuel, et il cesse de vivre dès qu'il cesse d'espérer ou de craindre.

LXXVI

Il est du véritable amour comme de l'apparition des esprits : tout le monde en parle, mais peu de gens en ont vu.

LXXVII

L'amour prête son nom à un nombre infini de commerces qu'on lui attribue, et où il n'a non plus de part que le doge à ce qui se fait à Venise.

LXXVIII

L'amour de la justice n'est en la plupart des hommes que la crainte de souffrir l'injustice.

LXXIX

Le silence est le parti le plus sûr de celui qui se défie de soi-même.

LXXX

Ce qui nous rend si changeants dans nos amitiés, c'est qu'il est difficile de connaître les qualités de l'âme, et facile de connaître celles de l'esprit.

LXXXI

Nous ne pouvons rien aimer que par rapport à nous, et nous ne faisons que suivre notre goût et notre plaisir quand nous préférons nos amis à nous-même. C'est néanmoins par cette préférence seule que l'amitié peut être vraie et parfaite.

LXXXII

La réconciliation avec nos ennemis n'est qu'un désir de rendre notre condition meilleure, une lassitude de la guerre, et une crainte de quelque mauvais événement.

LXXXIII

Ce que les hommes ont nommé amitié n'est qu'une société, qu'un ménagement réciproque d'intérêts, et qu'un échange de bons offices ; ce n'est enfin qu'un commerce où l'amour-propre se propose toujours quelque chose à gagner.

LXXXIV

Il est plus honteux de se défier de ses amis que d'en être trompé.

LXXXV

Nous nous persuadons souvent d'aimer les gens plus puissants que nous, et néanmoins c'est l'intérêt seul qui produit notre amitié. Nous ne nous donnons pas à eux pour le bien que nous leur voulons faire, mais pour celui que nous en voulons recevoir.

LXXXVI

Notre défiance justifie la tromperie d'autrui.

LXXXVII

Les hommes ne vivraient pas longtemps en société s'ils n'étaient les dupes les uns des autres.

LXXXVIII

L'amour-propre nous augmente ou nous diminue les bonnes qualités de nos amis à proportion de la satisfaction que nous avons d'eux, et nous jugeons de leur mérite par la manière dont ils vivent avec nous.

LXXXIX

Tout le monde se plaint de sa mémoire, et personne ne se plaint de son jugement.

XC

Nous plaisons plus souvent dans le commerce de la vie par nos défauts que par nos bonnes qualités.

XCI

La plus grande ambition n'en a pas la moindre apparence lorsqu'elle se rencontre dans une impossibilité absolue d'arriver où elle aspire.

XCII

Détromper un homme préoccupé de son métier est lui rendre un aussi mauvais office que celui que l'on rendit à ce fou d'Athènes qui croyait que tous les vaisseaux qui arrivaient dans le port étaient à lui.

XCIII

Les vieillards aiment à donner de bons préceptes, pour se consoler de n'être plus en état de donner de mauvais exemples.

XCIV

Les grands noms abaissent au lieu d'élever ceux qui ne les savent pas soutenir.

XCV

La marque d'un mérite extraordinaire est de voir que ceux qui l'envient le plus sont contraints de le louer.

XCVI

Tel homme est ingrat, qui est moins coupable de son ingratitude que celui qui lui a fait du bien.

XCVII

On s'est trompé lorsqu'on a cru que l'esprit et le jugement étaient deux choses différentes. Le jugement n'est que la grandeur de la lumière de l'esprit ; cette lumière pénètre le fond des choses, elle y remarque tout ce qu'il faut remarquer et aperçoit celles qui semblent imperceptibles. Ainsi il faut demeurer d'accord que c'est l'étendue de la lumière de l'esprit qui produit tous les effets que l'on attribue au jugement.

XCVIII

Chacun dit du bien de son cœur, et personne n'en ose dire de son esprit.

XCIX

La politesse de l'esprit consiste à penser des choses honnêtes et délicates.

C

La galanterie de l'esprit est de dire des choses flatteuses d'une manière agréable.

CI

Il arrive souvent que des choses se présentent plus achevées à notre esprit qu'il ne les pourrait faire avec beaucoup d'art.

CII

L'esprit est toujours la dupe du cœur.

CIII

Tous ceux qui connaissent leur esprit ne connaissent pas leur cœur.

CIV

Les hommes et les affaires ont leur point de perspective ; il y en a qu'il faut voir de près pour en bien juger, et d'autres dont on ne juge jamais si bien que quand on en est éloigné.

CV

Celui-là n'est pas raisonnable à qui le hasard fait trouver la raison, mais celui qui la connaît, qui la discerne, et qui la goûte.

CVI

Pour bien savoir les choses, il en faut savoir le détail ; et, comme il est presque infini, nos connaissances sont toujours superficielles et imparfaites.

CVII

C'est une espèce de coquetterie de faire remarquer qu'on n'en fait jamais.

CVIII

L'esprit ne saurait jouer longtemps le personnage du cœur.

CIX

La jeunesse change ses goûts par l'ardeur du sang, et la vieillesse conserve les siens par l'accoutumance.

CX

On ne donne rien si libéralement que ses conseils.

CXI

Plus on aime une maîtresse, et plus on est prêt de la haïr.

CXII

Les défauts de l'esprit augmentent en vieillissant, comme ceux du visage.

CXIII

Il y a de bons mariages, mais il n'y en a point de délicieux.

CXIV

On ne se peut consoler d'être trompé par ses ennemis et trahi par ses amis, et l'on est souvent satisfait de l'être par soi-même.

CXV

Il est aussi facile de se tromper soi-même sans s'en apercevoir qu'il est difficile de tromper les autres sans qu'ils s'en aperçoivent.

CXVI

Rien n'est moins sincère que la manière de demander et de donner des conseils. Celui qui en demande paraît avoir une déférence respectueuse pour les sentiments de son ami, bien qu'il ne pense qu'à lui faire approuver les siens et à le rendre garant de sa conduite ; et celui qui conseille paye la confiance qu'on lui témoigne d'un zèle ardent et désintéressé, quoiqu'il ne cherche le plus souvent dans les conseils qu'il donne que son propre intérêt ou sa gloire.

CXVII

La plus subtile de toutes les finesses est de savoir bien feindre de tomber dans les pièges que l'on nous tend ; et on n'est jamais si aisément trompé que quand on songe à tromper les autres.

CXVIII

L'intention de ne jamais tromper nous expose à être souvent trompés.

CXIX

Nous sommes si accoutumés à nous déguiser aux autres qu'enfin nous nous déguisons à nous-mêmes.

CXX

L'on fait plus souvent des trahisons par faiblesse que par un dessein formé de trahir.

CXXI

On fait souvent du bien pour pouvoir impunément faire du mal.

CXXII

Si nous résistons à nos passions, c'est plus par leur faiblesse que par notre force.

CXXIII

On n'aurait guère de plaisir si on ne se flattait jamais.

CXXIV

Les plus habiles affectent toute leur vie de blâmer les finesses, pour s'en servir en quelque grande occasion et pour quelque grand intérêt.

CXXV

L'usage ordinaire de la finesse est la marque d'un petit esprit, et il arrive presque toujours que celui qui s'en sert pour se couvrir en un endroit se découvre en un autre.

CXXVI

Les finesses et les trahisons ne viennent que de manque d'habileté.

CXXVII

Le vrai moyen d'être trompé, c'est de se croire plus fin que les autres.

CXXVIII

La trop grande subtilité est une fausse délicatesse, et la véritable délicatesse est une solide subtilité.

CXXIX

Il suffit quelquefois d'être grossier pour n'être pas trompé par un habile homme.

CXXX

La faiblesse est le seul défaut que l'on ne saurait corriger.

CXXXI

Le moindre défaut des femmes qui se sont abandonnées à faire l'amour, c'est de faire l'amour.

CXXXII

Il est plus aisé d'être sage pour les autres que de l'être pour soi-même.

CXXXIII

Les seules bonnes copies sont celles qui nous font voir le ridicule des méchants originaux.

CXXXIV

On n'est jamais si ridicule par les qualités que l'on a que par celles que l'on affecte d'avoir.

CXXXV

On est quelquefois aussi différent de soi-même que des autres.

CXXXVI

Il y a des gens qui n'auraient jamais été amoureux s'ils n'avaient jamais entendu parler de l'amour.

CXXXVII

On parle peu quand la vanité ne fait pas parler.

CXXXVIII

On aime mieux dire du mal de soi-même que de n'en point parler.

CXXXIX

Une des choses qui fait que l'on trouve si peu de gens qui paraissent raisonnables et agréables dans la conversation, c'est qu'il n'y a presque personne qui ne pense plutôt à ce qu'il veut dire qu'à répondre précisément à ce qu'on lui dit. Les plus habiles et les plus complaisants se contentent de montrer seulement une mine attentive, au même temps que l'on voit dans leurs yeux et dans leur esprit un égarement pour ce qu'on leur dit et une précipitation pour retourner à ce qu'ils veulent dire, au lieu de considérer que c'est un mauvais moyen de plaire aux autres ou de les persuader que de chercher si fort à se plaire à soi-même, et que bien écouter et bien répondre est une des plus grandes perfections qu'on puisse avoir dans la conversation.

CXL

Un homme d'esprit serait souvent bien embarrassé sans la compagnie des sots.

CXLI

Nous nous vantons souvent de ne nous point ennuyer, et nous sommes si glorieux que nous ne voulons pas nous trouver de mauvaise compagnie.

CXLII

Comme c'est le caractère des grands esprits de faire entendre en peu de paroles beaucoup de choses, les petits esprits, au contraire, ont le don de beaucoup parler et de ne rien dire.

CXLIII

C'est plutôt par l'estime de nos propres sentiments que nous exagérons les bonnes qualités des autres que par l'estime de leur mérite, et nous voulons nous attirer des louanges lorsqu'il semble que nous leur en donnons.

CXLIV

On n'aime point à louer, et on ne loue jamais personne sans intérêt. La louange est une flatterie habile, cachée et délicate, qui satisfait différemment celui qui la donne et celui qui la reçoit. L'un la prend comme une récompense de son mérite, l'autre la donne pour faire remarquer son équité et son discernement.

CXLV

Nous choisissons souvent des louanges empoisonnées qui font voir par contre-coup en ceux que nous louons des défauts que nous n'osons découvrir d'une autre sorte.

CXLVI

On ne loue d'ordinaire que pour être loué.

CXLVII

Peu de gens sont assez sages pour préférer le blâme qui leur est utile à la louange qui les trahit.

CXLVIII

Il y a des reproches qui louent et des louanges qui médisent.

CXLIX

Le refus des louanges est un désir d'être loué deux fois.

CL

Le désir de mériter les louanges qu'on
nous donne fortifie notre vertu ; et celles
que l'on donne à l'esprit, à la valeur et à la
beauté, contribuent à les augmenter.

CLI

Il est plus difficile de s'empêcher d'être
gouverné que de gouverner les autres.

CLII

Si nous ne nous flattions point nous-
mêmes, la flatterie des autres ne nous pourrait nuire.

CLIII

La nature fait le mérite, et la fortune le
met en œuvre.

CLIV

La fortune nous corrige de plusieurs défauts que la raison ne saurait corriger.

CLV

Il y a des gens dégoûtants avec du mérite, et d'autres qui plaisent avec des défauts.

CLVI

Il y a des gens dont tout le mérite consiste à dire et à faire des sottises utilement, et qui gâteraient tout s'ils changeaient de conduite.

CLVII

La gloire des grands hommes se doit toujours mesurer aux moyens dont ils se sont servis pour l'acquérir.

CLVIII

La flatterie est une fausse monnaie qui n'a de cours que par notre vanité.

CLIX

Ce n'est pas assez d'avoir de grandes qualités, il en faut avoir l'économie.

CLX

Quelque éclatante que soit une action, elle ne doit pas passer pour grande lorsqu'elle n'est pas l'effet d'un grand dessein.

CLXI

Il doit y avoir une certaine proportion entre les actions et les desseins si on en veut tirer tous les effets qu'elles peuvent produire.

CLXII

L'art de savoir bien mettre en œuvre de médiocres qualités dérobe l'estime et donne souvent plus de réputation que le véritable mérite.

CLXIII

Il y a une infinité de conduites qui paraissent ridicules, et dont les raisons cachées sont très sages et très solides.

CLXIV

Il est plus facile de paraître digne des

emplois qu'on n'a pas que de ceux que l'on exerce.

CLXV

Notre mérite nous attire l'estime des honnêtes gens, et notre étoile celle du public.

CLXVI

Le monde récompense plus souvent les apparences du mérite que le mérite même.

CLXVII

L'avarice est plus opposée à l'économie que la libéralité.

CLXVIII

L'espérance, toute trompeuse qu'elle est, sert au moins à nous mener à la fin de la vie par un chemin agréable.

CLXIX

Pendant que la paresse et la timidité nous retiennent dans notre devoir, notre vertu en a souvent tout l'honneur.

CLXX

Il est difficile de juger si un procédé net, sincère et honnête, est un effet de probité ou d'habileté.

CLXXI

Les vertus se perdent dans l'intérêt, comme les fleuves se perdent dans la mer.

CLXXII

Si on examine bien les divers effets de l'ennui, on trouvera qu'il fait manquer à plus de devoirs que l'intérêt.

CLXXIII

Il y a diverses sortes de curiosité : l'une d'intérêt, qui nous porte à désirer d'apprendre ce qui nous peut être utile ; et l'autre d'orgueil, qui vient du désir de savoir ce que les autres ignorent.

CLXXIV

Il vaut mieux employer notre esprit à supporter les infortunes qui nous arrivent qu'à prévoir celles qui nous peuvent arriver.

CLXXV

La constance en amour est une inconstance perpétuelle qui fait que notre cœur s'attache successivement à toutes les qualités de la personne que nous aimons, donnant tantôt la préférence à l'une, tantôt à l'autre ; de sorte que cette constance n'est qu'une inconstance arrêtée et renfermée dans un même sujet.

CLXXVI

Il y a deux sortes de constance en amour : l'une vient de ce que l'on trouve sans cesse dans la personne que l'on aime de nouveaux sujets d'aimer, et l'autre vient de ce que l'on se fait un honneur d'être constant.

CLXXVII

La persévérance n'est digne ni de blâme ni de louange, parce qu'elle n'est que la durée des goûts et des sentiments, qu'on ne s'ôte et qu'on ne se donne point.

CLXXVIII

Ce qui nous fait aimer les nouvelles connaissances n'est pas tant la lassitude que

nous avons des vieilles, ou le plaisir de changer, que le dégoût de n'être pas assez admi-
rés de ceux qui nous connaissent trop, et
l'espérance de l'être davantage de ceux qui
ne nous connaissent pas tant.

CLXXIX

Nous nous plaignons quelquefois légèrement
de nos amis pour justifier par avance notre légèreté.

CLXXX

Notre repentir n'est pas tant un regret du
mal que nous avons fait qu'une crainte de
celui qui nous en peut arriver.

CLXXXI

Il y a une inconstance qui vient de la légèreté de l'esprit ou de sa faiblesse, qui lui fait
recevoir toutes les opinions d'autrui, et il y en a
une autre qui est plus excusable, qui vient du
dégoût des choses.

CLXXXII

Les vices entrent dans la composition des
vertus, comme les poisons entrent dans la

composition des remèdes. La prudence les assemble et les tempère, et elle s en sert utilement contre les maux de la vie.

CLXXXIII

Il faut demeurer d'accord, à l'honneur de la vertu, que les plus grands malheurs des hommes sont ceux où ils tombent par les crimes.

CLXXXIV

Nous avouons nos défauts pour réparer par notre sincérité le tort qu'ils nous font dans l'esprit des autres.

CLXXXV

Il y a des héros en mal comme en bien.

CLXXXVI

On ne méprise pas tous ceux qui ont des vices, mais on méprise tous ceux qui n'ont aucune vertu.

CLXXXVII

Le nom de la vertu sert à l'intérêt aussi utilement que les vices.

CLXXXVIII

La santé de l'âme n'est pas plus assurée que celle du corps, et, quoi que l'on paraisse éloigné des passions, on n'est pas moins en danger de s'y laisser emporter que de tomber malade quand on se porte bien.

CLXXXIX

Il semble que la nature ait prescrit à chaque homme, dès sa naissance, des bornes pour les vertus et pour les vices.

CXC

Il n'appartient qu'aux grands hommes d'avoir de grands défauts.

CXCI

On peut dire que les vices nous attendent dans le cours de la vie, comme des hôtes chez qui il faut successivement loger ; et je doute que l'expérience nous les fît éviter s'il nous était permis de faire deux fois le même chemin.

CXCII

Quand les vices nous quittent, nous nous

flattons de la créance que c'est nous qui les quittons.

CXCIII

Il y a des rechutes dans les maladies de l'âme comme dans celles du corps. Ce que nous prenons pour notre guérison n'est le plus souvent qu'un relâche ou un changement de mal.

CXCIV

Les défauts de l'âme sont comme les blessures du corps : quelque soin qu'on prenne de les guérir, la cicatrice paraît toujours, et elles sont à tout moment en danger de se rouvrir.

CXCV

Ce qui nous empêche souvent de nous abandonner à un seul vice est que nous en avons plusieurs.

CXCVI

Nous oublions aisément nos fautes lorsqu'elles ne sont sues que de nous.

CXCVII

Il y a des gens de qui l'on peut ne jamais croire du mal sans l'avoir vu, mais il n'y en a point en qui il nous doive surprendre en le voyant.

CXCVIII

Nous élevons la gloire des uns pour abaisser celle des autres ; et quelquefois on louerait moins Monsieur le Prince et Monsieur de Turenne si on ne les voulait point blâmer tous deux.

CXCIX

Le désir de paraître habile empêche souvent de le devenir.

CC

La vertu n'irait pas si loin si la vanité ne lui tenait compagnie.

CCI

Celui qui croit pouvoir trouver en soi-même de quoi se passer de tout le monde se trompe

fort ; mais celui qui croit qu'on ne peut se passer de lui se trompe encore davantage.

CCII

Les faux honnêtes gens sont ceux qui dé-
guisent leurs défauts aux autres et à eux-
mêmes ; les vrais honnêtes gens sont ceux
qui les connaissent parfaitement et les con-
fessent.

CCIII

Le vrai honnête homme est celui qui ne se
pique de rien.

CCIV

La sévérité des femmes est un ajustement
et un fard qu'elles ajoutent à leur beauté.

CCV

L'honnêteté des femmes est souvent
l'amour de leur réputation et de leur repos.

CCVI

C'est être véritablement honnête homme

que de vouloir être toujours exposé à la vue
des honnêtes gens.

CCVII

La folie nous suit dans tous les temps de la
vie. Si quelqu'un paraît sage, c'est seulement parce que ses folies sont proportion-
nées à son âge et à sa fortune.

CCVIII

Il y a des gens niais qui se connaissent et
qui emploient habilement leur niaiserie.

CCIX

Qui vit sans folie n'est pas si sage qu'il
croit.

CCX

En vieillissant on devient plus fou et plus
sage.

CCXI

Il y a des gens qui ressemblent aux vaude-
villes, qu'on ne chante qu'un certain temps.

CCXII

La plupart des gens ne jugent des hommes que par la vogue qu'ils ont ou par leur fortune.

CCXIII

L'amour de la gloire, la crainte de la honte, le dessein de faire fortune, le désir de rendre notre vie commode et agréable, et l'envie d'abaisser les autres, sont souvent les causes de cette valeur si célèbre parmi les hommes.

CCXIV

La valeur est dans les simples soldats un métier périlleux qu'ils ont pris pour gagner leur vie.

CCXV

La parfaite valeur et la poltronnerie complète sont deux extrémités où l'on arrive rarement. L'espace qui est entre deux est vaste et contient toutes les autres espèces de courage ; il n'y a pas moins de différence entre elles qu'entre les visages et les humeurs. Il y a des hommes qui s'exposent volontiers au commencement d'une action, et qui se relâchent et se rebutent aisément par sa durée. Il y en a qui sont contents quand ils ont satisfait à l'honneur du monde, et qui font fort peu de chose au delà. On en voit qui ne sont pas toujours également maîtres de leur peur. D'autres se laissent quelquefois entraîner à des terreurs générales ; d'autres vont à la charge parce qu'ils n'osent demeurer dans leurs postes. Il s'en trouve à qui l'habitude des moindres périls affermit le courage et les prépare à s'exposer à de plus grands. Il y en a qui sont braves à coups d'épée et qui craignent les coups de mousquet ; d'autres sont assurés aux coups de mousquet et appréhendent de se battre à coups d'épée. Tous ces courages de différentes espèces conviennent en ce que, la nuit augmentant la crainte et cachant les bonnes et les mauvaises actions, elle donne la liberté de se ménager. Il y a encore un autre ménagement plus général : car on ne voit point d'homme qui fasse tout ce qu'il serait capable de faire dans une occasion s'il était assuré d'en revenir ; de sorte qu'il est visible que la crainte de la mort ôte quelque chose de la valeur.

CCXVI

La parfaite valeur est de faire sans témoins ce qu'on serait capable de faire devant tout le monde.

CCXVII

L'intrépidité est une force extraordinaire de l'âme qui l'élève au-dessus des troubles, des désordres et des émotions, que la vue des grands périls pourrait exciter en elle ; et c'est par cette force que les héros se maintiennent en un état paisible et conservent l'usage libre de leur raison dans les accidents les plus surprenants et les plus terribles.

CCXVIII

L'hypocrisie est un hommage que le vice rend à la vertu.

CCXIX

La plupart des hommes s'exposent assez dans la guerre pour sauver leur honneur ; mais peu se veulent toujours exposer autant qu'il est nécessaire pour faire réussir le dessein pour lequel ils s'exposent.

CCXX

La vanité, la honte, et surtout le tempérament, font souvent la valeur des hommes et la vertu des femmes.

CCXXI

On ne veut point perdre la vie, et on veut acquérir de la gloire ; ce qui fait que les braves ont plus d'adresse et d'esprit pour éviter la mort que les gens de chicane n'en ont pour conserver leur bien.

CCXXII

Il n'y a guère de personnes qui, dans le premier penchant de l'âge, ne fassent connaître par où leur corps et leur esprit doivent défaillir.

CCXXIII

Il est de la reconnaissance comme de la bonne foi des marchands, elle entretient le commerce ; et nous ne payons pas parce qu'il est juste de nous acquitter, mais pour trouver plus facilement des gens qui nous prêtent.

CCXXIV

Tous ceux qui s'acquittent des devoirs de la reconnaissance ne peuvent pas, pour cela, se flatter d'être reconnaissants.

CCXXV

Ce qui fait le mécompte dans la reconnaissance qu'on attend des grâces que l'on a faites, c'est que l'orgueil de celui qui donne et l'orgueil de celui qui reçoit ne peuvent convenir du prix du bienfait.

CCXXVI

Le trop grand empressement qu'on a de s'acquitter d'une obligation est une espèce d'ingratitude.

CCXXVII

Les gens heureux ne se corrigent guère : ils croient toujours avoir raison quand la fortune soutient leur mauvaise conduite.

CCXXVIII

L'orgueil ne veut pas devoir, et l'amour-propre ne veut pas payer.

CCXXIX

Le bien que nous avons reçu de quelqu'un veut que nous respections le mal qu'il nous fait.

CCXXX

Rien n'est si contagieux que l'exemple, et nous ne faisons jamais de grands biens ni de grands maux qui n'en produisent de semblables. Nous imitons les bonnes actions par émulation, et les mauvaises par la malignité de notre nature, que la honte retenait prisonnière et que l'exemple met en liberté.

CCXXXI

C'est une grande folie de vouloir être sage tout seul.

CCXXXII

Quelque prétexte que nous donnions à nos afflictions, ce n'est souvent que l'intérêt et la vanité qui les causent.

CCXXXIII

Il y a dans les afflictions diverses sortes d'hypocrisie. Dans l'une, sous prétexte de pleurer la perte d'une personne qui nous est chère, nous nous pleurons nous-mêmes ; nous regrettons la bonne opinion qu'il avait de nous, nous pleurons la diminution de notre bien, de notre plaisir, de notre considération. Ainsi les morts ont l'honneur des larmes qui ne coulent que pour les vivants. Je dis que c'est une espèce d'hypocrisie, à cause que dans ces sortes d'afflictions on se trompe soi-même. Il y a une autre hypocrisie qui n'est pas si innocente, parce qu'elle impose à tout le monde : c'est l'affliction de certaines personnes qui aspirent à la gloire d'une belle et immortelle douleur. Après que le temps, qui consume tout, a fait cesser celle qu'elles avaient en effet, elles ne laissent pas d'opiniâtrer leurs pleurs, leurs plaintes et leurs soupirs ; elles prennent un personnage lugubre et travaillent à persuader par toutes leurs actions que leur déplaisir ne finira qu'avec leur vie. Cette triste et fatigante vanité se trouve d'ordinaire dans les femmes ambitieuses : comme leur sexe leur ferme tous les chemins qui mènent à la gloire, elles s'efforcent de se rendre célèbres par la montre d'une inconsolable affliction. Il y a encore une autre espèce de larmes qui n'ont que de petites sources, qui coulent et se tarissent facilement : on pleure pour avoir la réputation d'être tendre ; on pleure pour être plaint ; on pleure pour être pleuré ; enfin, on pleure pour éviter la honte de ne pleurer pas.

CCXXXIV

C'est plus souvent par orgueil que par défaut de lumières qu'on s'oppose avec tant d'opiniâtreté aux opinions les plus suivies ; on trouve

les premières places prises dans le bon parti,
et on ne veut point des dernières.

CCXXXV

Nous nous consolons aisément des disgrâces
de nos amis lorsqu'elles servent à signaler notre tendresse pour eux.

CCXXXVI

Il semble que l'amour-propre soit la dupe de
la bonté, et qu'il s'oublie lui-même lorsque nous
travaillons pour l'avantage des autres. Cependant c'est prendre le chemin le plus assuré pour
arriver à ses fins, c'est prêter à usure sous prétexte de donner, c'est enfin s'acquérir tout le
monde par un moyen subtil et délicat.

CCXXXVII

Nul ne mérite d'être loué de bonté s'il n'a
pas la force d'être méchant : toute autre bonté
n'est le plus souvent qu'une paresse ou une impuissance de la volonté.

CCXXXVIII

Il n'est pas si dangereux de faire du mal à

la plupart des hommes que de leur faire trop
de bien.

CCXXXIX

Rien ne flatte plus notre orgueil que la confiance des grands, parce que nous la regardons
comme un effet de notre mérite, sans considérer qu'elle ne vient le plus souvent que de vanité ou d'impuissance de garder le secret.

CCXL

On peut dire de l'agrément séparé de la
beauté que c'est une symétrie dont on ne sait
point les règles, et un rapport secret des traits
ensemble, et des traits avec les couleurs et avec
l'air de la personne.

CCXLI

La coquetterie est le fond de l'humeur des
femmes ; mais toutes ne la mettent pas en pratique, parce que la coquetterie de quelques-unes
est retenue par la crainte ou par la raison.

CCXLII

On incommode souvent les autres quand on
croit ne les pouvoir jamais incommoder.

CCXLIII

Il y a peu de choses impossibles d'elles-mêmes, et l'application pour les faire réussir nous manque plus que les moyens.

CCXLIV

La souveraine habileté consiste à bien connaître le prix des choses.

CCXLV

C'est une grande habileté que de savoir cacher son habileté.

CCXLVI

Ce qui paraît générosité n'est souvent qu'une ambition déguisée qui méprise de petits intérêts pour aller à de plus grands.

CCXLVII

La fidélité qui paraît en la plupart des hommes n'est qu'une invention de l'amour-propre pour attirer la confiance ; c'est un moyen de nous élever au-dessus des autres et de nous rendre dépositaires des choses les plus importantes.

CCXLVIII

La magnanimité méprise tout pour avoir tout.

CCXLIX

Il n'y a pas moins d'éloquence dans le ton de la voix, dans les yeux et dans l'air de la personne, que dans le choix des paroles.

CCL

La véritable éloquence consiste à dire tout ce qu'il faut et à ne dire que ce qu'il faut.

CCLI

Il y a des personnes à qui les défauts siéent bien, et d'autres qui sont disgrâciées avec leurs bonnes qualités.

CCLII

Il est aussi ordinaire de voir changer les goûts qu'il est extraordinaire de voir changer les inclinations.

CCLIII

L'intérêt met en œuvre toutes sortes de vertus et de vices.

CCLIV

L'humilité n'est souvent qu'une feinte soumission dont on se sert pour soumettre les autres : c'est un artifice de l'orgueil qui s'abaisse pour s'élever ; et, bien qu'il se transforme en mille manières, il n'est jamais mieux déguisé et plus capable de tromper que lorsqu'il se cache sous la figure de l'humilité.

CCLV

Tous les sentiments ont chacun un ton de voix, des gestes et des mines qui leur sont propres ; et ce rapport, bon ou mauvais, agréable ou désagréable, est ce qui fait que les personnes plaisent ou déplaisent.

CCLVI

Dans toutes les professions, chacun affecte une mine et un extérieur pour paraître ce qu'il veut qu'on le croie. Ainsi on peut dire que le monde n'est composé que de mines.

CCLVII

La gravité est un mystère du corps inventé pour cacher les défauts de l'esprit.

CCLVIII

Le bon goût vient plus du jugement que de l'esprit.

CCLIX

Le plaisir de l'amour est d'aimer, et l'on est plus heureux par la passion que l'on a que par celle que l'on donne.

CCLX

La civilité est un désir d'en recevoir et d'être estimé poli.

CCLXI

L'éducation que l'on donne d'ordinaire aux jeunes gens est un second amour-propre qu'on leur inspire.

CCLXII

Il n'y a point de passion où l'amour de soi-

même règne si puissamment que dans l'amour ;
et on est toujours plus disposé à sacrifier le
repos de ce qu'on aime qu'à perdre le sien.

CCLXIII

Ce qu'on nomme libéralité n'est le plus souvent que la vanité de donner, que nous aimons
mieux que ce que nous donnons.

CCLXIV

La pitié est souvent un sentiment de nos propres maux dans les maux d'autrui ; c'est une
habile prévoyance des malheurs où nous pouvons tomber ; nous donnons du secours aux
autres pour les engager à nous en donner en
de semblables occasions ; et ces services que
nous leur rendons sont, à proprement parler,
des biens que nous nous faisons à nous-mêmes
par avance.

CCLXV

La petitesse de l'esprit fait l'opiniâtreté, et
nous ne croyons pas aisément ce qui est au delà
de ce que nous voyons.

CCLXVI

C'est se tromper que de croire qu'il n'y ait que les violentes passions, comme l'ambition et l'amour, qui puissent triompher des autres. La paresse, toute languissante qu'elle est, ne laisse pas d'en être souvent la maîtresse : elle usurpe sur tous les desseins et sur toutes les actions de la vie ; elle y détruit et y consume insensiblement les passions et les vertus.

CCLXVII

La promptitude à croire le mal sans l'avoir assez examiné est un effet de l'orgueil et de la paresse : on veut trouver des coupables, et on ne veut pas se donner la peine d'examiner les crimes.

CCLXVIII

Nous récusons des juges pour les plus petits intérêts, et nous voulons bien que notre réputation et notre gloire dépendent du jugement des hommes, qui nous sont tous contraires, ou par leur jalousie, ou par leur préoccupation, ou par leur peu de lumière ; et ce n'est que pour les faire prononcer en notre faveur que nous exposons en tant de manières notre repos et notre vie.

CCLXIX

Il n'y a guère d'homme assez habile pour connaître tout le mal qu'il fait.

CCLXX

L'honneur acquis est caution de celui qu'on doit acquérir.

CCLXXI

La jeunesse est une ivresse continuelle : c'est la fièvre de la raison.

CCLXXII

Rien ne devrait plus humilier les hommes qui ont mérité de grandes louanges que le soin qu'ils prennent encore de se faire valoir par de petites choses.

CCLXXIII

Il y a des gens qu'on approuve dans le monde, qui n'ont pour tout mérite que les vices qui servent au commerce de la vie.

CCLXXIV

La grâce de la nouveauté est à l'amour ce
que la fleur est sur les fruits : elle y donne un
lustre qui s'efface aisément et qui ne revient
jamais.

CCLXXV

Le bon naturel qui se vante d'être si sensible
est souvent étouffé par le moindre intérêt.

CCLXXVI

L'absence diminue les médiocres passions et
augmente les grandes, comme le vent éteint les
bougies et allume le feu.

CCLXXVII

Les femmes croient souvent aimer, encore
qu'elles n'aiment pas. L'occupation d'une intri-
gue, l'émotion d'esprit que donne la galanterie,
la pente naturelle au plaisir d'être aimées, et la
peine de refuser, leur persuadent qu'elles ont
de la passion, lorsqu'elles n'ont que de la coquetterie.

CCLXXVIII

Ce qui fait que l'on est souvent mécontent de

ceux qui négocient est qu'ils abandonnent presque toujours l'intérêt de leurs amis pour l'intérêt du succès de la négociation, qui devient le leur par l'honneur d'avoir réussi à ce qu'ils avaient entrepris.

CCLXXIX

Quand nous exagérons la tendresse que nos amis ont pour nous, c'est souvent moins par reconnaissance que par le désir de faire juger de notre mérite.

CCLXXX

L'approbation que l'on donne à ceux qui entrent dans le monde vient souvent de l'envie secrète que l'on porte à ceux qui y sont établis.

CCLXXXI

L'orgueil, qui nous inspire tant d'envie, nous sert souvent aussi à la modérer.

CCLXXXII

Il y a des faussetés déguisées qui représentent si bien la vérité que ce serait mal juger que de ne s'y pas laisser tromper.

CCLXXXIII

Il n'y a pas quelquefois moins d'habileté à savoir profiter d'un bon conseil qu'à se bien conseiller soi-même.

CCLXXXIV

Il y a des méchants qui seraient moins dangereux s'ils n'avaient aucune bonté.

CCLXXXV

La magnanimité est assez définie par son nom ; néanmoins on pourrait dire que c'est le bon sens de l'orgueil et la voie la plus noble pour recevoir des louanges.

CCLXXXVI

Il est impossible d'aimer une seconde fois ce qu'on a véritablement cessé d'aimer.

CCLXXXVII

Ce n'est pas tant la fertilité de l'esprit qui nous fait trouver plusieurs expédients sur une même affaire que c'est le défaut de lumière qui nous fait arrêter à tout ce qui se présente à notre imagination, et qui nous empêche de discerner d'abord ce qui est le meilleur.

CCLXXXVIII

Il y a des affaires et des maladies que les remèdes aigrissent en certains temps, et la grande habileté consiste à connaître quand il est dangereux d'en user.

CCLXXXIX

La simplicité affectée est une imposture délicate.

CCXC

Il y a plus de défauts dans l'humeur que dans l'esprit.

CCXCI

Le mérite des hommes a sa saison aussi bien que les fruits.

CCXCII

On peut dire de l'humeur des hommes, comme de la plupart des bâtiments, qu'elle a diver-

ses faces : les unes agréables et les autres dés-
agréables.

CCXCIII

La modération ne peut avoir le mérite de
combattre l'ambition et de la soumettre : elles
ne se trouvent jamais ensemble. La modération est la langueur et la paresse de l'âme,
comme l'ambition en est l'activité et l'ardeur.

CCXCIV

Nous aimons toujours ceux qui nous admirent, et nous n'aimons pas toujours ceux que
nous admirons.

CCXCV

Il s'en faut bien que nous ne connaissions
toutes nos volontés.

CCXCVI

Il est difficile d'aimer ceux que nous n'estimons point, mais il ne l'est pas moins d'aimer
ceux que nous estimons beaucoup plus que nous.

CCXCVII

Les humeurs du corps ont un cours ordinaire et réglé qui meut et qui tourne imperceptiblement notre volonté ; elles roulent ensemble et exercent successivement un empire secret en nous, de sorte qu'elles ont une part considérable à toutes nos actions sans que nous le puissions connaître.

CCXCVIII

La reconnaissance de la plupart des hommes n'est qu'une secrète envie de recevoir de plus grands bienfaits.

CCXCIX

Presque tout le monde prend plaisir à s'acquitter des petites obligations ; beaucoup de gens ont de la reconnaissance pour les médiocres, mais il n'y a quasi personne qui n'ait de l'ingratitude pour les grandes.

CCC

Il y a des folies qui se prennent comme les maladies contagieuses.

CCCI

Assez de gens méprisent le bien, mais peu savent le donner.

CCCII

Ce n'est d'ordinaire que dans de petits intérêts où nous prenons le hasard de ne pas croire aux apparences.

CCCIII

Quelque bien qu'on nous dise de nous, on ne nous apprend rien de nouveau.

CCCIV

Nous pardonnons souvent à ceux qui nous ennuient, mais nous ne pouvons pardonner à ceux que nous ennuyons.

CCCV

L'intérêt, que l'on accuse de tous nos crimes, mérite souvent d'être loué de nos bonnes actions.

CCCVI

On ne trouve guère d'ingrats tant qu'on est en état de faire du bien.

CCCVII

Il est aussi honnête d'être glorieux avec soi-même qu'il est ridicule de l'être avec les autres.

CCCVIII

On a fait une vertu de la modération, pour borner l'ambition des grands hommes et pour consoler les gens médiocres de leur peu de fortune et de leur peu de mérite.

CCCIX

Il y a des gens destinés à être sots qui ne font pas seulement des sottises par leur choix, mais que la fortune même contraint d'en faire.

CCCX

Il arrive quelquefois des accidents dans la vie d'où il faut être un peu fou pour se bien tirer.

CCCXI

S'il y a des hommes dont le ridicule n'ait jamais paru, c'est qu'on ne l'a pas bien cherché.

CCCXII

Ce qui fait que les amants et les maîtresses ne s'ennuient point d'être ensemble, c'est qu'ils parlent toujours d'eux-mêmes.

CCCXIII

Pourquoi faut-il que nous ayons assez de mémoire pour retenir jusqu'aux moindres particularités de ce qui nous est arrivé, et que nous n'en ayons pas assez pour nous souvenir combien de fois nous les avons contées à une même personne ?

CCCXIV

L'extrême plaisir que nous prenons à parler de nous-mêmes nous doit faire craindre de n'en donner guère à ceux qui nous écoutent.

CCCXV

Ce qui nous empêche d'ordinaire de faire voir le fond de notre cœur à nos amis n'est pas tant la défiance que nous avons d'eux que celle que nous avons de nous-mêmes.

CCCXVI

Les personnes faibles ne peuvent être sincères.

CCCXVII

Ce n'est pas un grand malheur d'obliger des ingrats, mais c'en est un insupportable d'être obligé à un malhonnête homme.

CCCXVIII

On trouve des moyens pour guérir de la folie, mais on n'en trouve point pour redresser un esprit de travers.

CCCXIX

On ne saurait conserver longtemps les sentiments qu'on doit avoir pour ses amis et pour ses bienfaiteurs si on se laisse la liberté de parler souvent de leurs défauts.

CCCXX

Louer les princes des vertus qu'ils n'ont pas, c'est leur dire impunément des injures.

CCCXXI

Nous sommes plus près d'aimer ceux qui nous haïssent que ceux qui nous aiment plus que nous ne voulons.

CCCXXII

Il n'y a que ceux qui sont méprisables qui craignent d'être méprisés.

CCCXXIII

Notre sagesse n'est pas moins à la merci de la fortune que nos biens.

CCCXXIV

Il y a dans la jalousie plus d'amour-propre que d'amour.

CCCXXV

Nous nous consolons souvent par faiblesse des maux dont la raison n'a pas la force de nous consoler.

CCCXXVI

Le ridicule déshonore plus que le déshonneur.

CCCXXVII

Nous n'avouons de petits défauts que pour persuader que nous n'en avons pas de grands.

CCCXXVIII

L'envie est plus irréconciliable que la haine.

CCCXXIX

On croit quelquefois haïr la flatterie, mais on ne hait que la manière de flatter.

CCCXXX

On pardonne tant que l'on aime.

CCCXXXI

Il est plus difficile d'être fidèle à sa maîtresse quand on est heureux que quand on en est mal-traité.

CCCXXXII

Les femmes ne connaissent pas toute leur co-quetterie.

CCCXXXIII

Les femmes n'ont point de sévérité complète sans aversion.

CCCXXXIV

Les femmes peuvent moins surmonter leur coquetterie que leur passion.

CCCXXXV

Dans l'amour, la tromperie va presque toujours plus loin que la méfiance.

CCCXXXVI

Il y a une certaine sorte d'amour dont l'excès empêche la jalousie.

CCCXXXVII

Il est de certaines bonnes qualités comme des sens : ceux qui en sont entièrement privés ne les peuvent apercevoir ni les comprendre.

CCCXXXVIII

Lorsque notre haine est trop vive, elle nous met au-dessous de ceux que nous haïssons.

CCCXXXIX

Nous ne ressentons nos biens et nos maux qu'à proportion de notre amour-propre.

CCCXL

L'esprit de la plupart des femmes sert plus à fortifier leur folie que leur raison.

CCCXLI

Les passions de la jeunesse ne sont guère plus opposées au salut que la tiédeur des vieilles gens.

CCCXLII

L'accent du pays où l'on est né demeure dans l'esprit et dans le cœur comme dans le langage.

CCCXLIII

Pour être un grand homme, il faut savoir profiter de toute sa fortune.

CCCXLIV

La plupart des hommes ont, comme les plantes, des propriétés cachées que le hasard fait découvrir.

CCCXLV

Les occasions nous font connaître aux autres, et encore plus à nous-mêmes.

CCCXLVI

Il ne peut y avoir de règle dans l'esprit ni dans le cœur des femmes, si le tempérament n'en est d'accord.

CCCXLVII

Nous ne trouvons guère de gens de bon sens que ceux qui sont de notre avis.

CCCXLVIII

Quand on aime, on doute souvent de ce qu'on croit le plus.

CCCXLIX

Le plus grand miracle de l'amour, c'est de guérir de la coquetterie.

CCCL

Ce qui nous donne tant d'aigreur contre ceux qui nous font des finesses, c'est qu'ils croient être plus habiles que nous.

CCCLI

On a bien de la peine à rompre quand on ne s'aime plus.

CCCLII

On s'ennuie presque toujours avec les gens avec qui il n'est pas permis de s'ennuyer.

CCCLIII

Un honnête homme peut être amoureux comme un fou, mais non pas comme un sot.

CCCLIV

Il y a de certains défauts qui, bien mis en œuvre, brillent plus que la vertu même.

CCCLV

On perd quelquefois des personnes qu'on regrette plus qu'on n'en est affligé, et d'autres dont on est affligé et qu'on ne regrette guère.

CCCLVI

Nous ne louons d'ordinaire de bon cœur que ceux qui nous admirent.

CCCLVII

Les petits esprits sont trop blessés des petites choses ; les grands esprits les voient toutes, et n'en sont point blessés.

CCCLVIII

L'humilité est la véritable preuve des vertus chrétiennes ; sans elle, nous conservons tous nos défauts, et ils sont seulement couverts par l'orgueil, qui les cache aux autres et souvent à nous-mêmes.

CCCLIX

Les infidélités devraient éteindre l'amour, et il ne faudrait point être jaloux quand on a sujet de l'être. Il n'y a que les personnes qui évitent de donner de la jalousie qui soient dignes qu'on en ait pour elle.

CCCLX

On se décrie beaucoup plus auprès de nous par les moindres infidélités qu'on nous fait que par les plus grandes qu'on fait aux autres.

CCCLXI

La jalousie naît toujours avec l'amour, mais elle ne meurt pas toujours avec lui.

CCCLXII

La plupart des femmes ne pleurent pas tant la mort de leurs amants pour les avoir aimés que pour paraître plus dignes d'être aimées.

CCCLXIII

Les violences qu'on nous fait nous font souvent moins de peine que celles que nous nous faisons à nous-mêmes.

CCCLXIV

On sait assez qu'il ne faut guère parler de sa femme, mais on ne sait pas assez qu'on devrait encore moins parler de soi.

CCCLXV

Il y a de bonnes qualités qui dégénèrent en défauts quand elles sont naturelles, et d'autres qui ne sont jamais parfaites quand elles sont acquises. Il faut, par exemple, que la raison nous fasse ménagers de notre bien et de notre confiance, et il faut, au contraire, que la nature nous donne la bonté et la valeur.

CCCLXVI

Quelque défiance que nous ayons de la sincérité de ceux qui nous parlent, nous croyons toujours qu'ils nous disent plus vrai qu'aux autres.

CCCLXVII

Il y a peu d'honnêtes femmes qui ne soient lasses de leur métier.

CCCLXVIII

La plupart des honnêtes femmes sont des trésors cachés qui ne sont en sûreté que parce qu'on ne les cherche pas.

CCCLXIX

Les violences qu'on se fait pour s'empêcher d'aimer sont souvent plus cruelles que les rigueurs de ce qu'on aime.

CCCLXX

Il n'y a guère de poltrons qui connaissent toujours toute leur peur.

CCCLXXI

C'est presque toujours la faute de celui qui aime de ne pas connaître quand on cesse de l'aimer.

CCCLXXII

La plupart des jeunes gens croient être naturels lorsqu'ils ne sont que mal polis et grossiers.

CCCLXXIII

Il y a de certaines larmes qui nous trompent souvent nous-mêmes après avoir trompé les autres.

CCCLXXIV

Si on croit aimer sa maîtresse pour l'amour d'elle, on est bien trompé.

CCCLXXV

Les esprits médiocres condamnent d'ordinaire tout ce qui passe leur portée.

CCCLXXVI

L'envie est détruite par la véritable amitié, et la coquetterie par le véritable amour.

CCCLXXVII

Le plus grand défaut de la pénétration n'est pas de n'aller point jusqu'au but, c'est de le passer.

CCCLXXVIII

On donne des conseils, mais on n'inspire point de conduite.

CCCLXXIX

Quand notre mérite baisse, notre goût baisse aussi.

CCCLXXX

La fortune fait paraître nos vertus et nos vices comme la lumière fait paraître les objets.

CCCLXXXI

La violence qu'on se fait pour demeurer fidèle à ce qu'on aime ne vaut guère mieux qu'une infidélité.

CCCLXXXII

Nos actions sont comme les bouts rimés, que chacun fait rapporter à ce qu'il lui plaît.

CCCLXXXIII

L'envie de parler de nous et de faire voir nos défauts du côté que nous voulons bien les montrer fait une grande partie de notre sincérité.

CCCLXXXIV

On ne devrait s'étonner que de pouvoir encore s'étonner.

CCCLXXXV

On est presque également difficile à contenter quand on a beaucoup d'amour et quand on n'en a plus guère.

CCCLXXXVI

Il n'y a point de gens qui aient plus souvent tort que ceux qui ne peuvent souffrir d'en avoir.

CCCLXXXVII

Un sot n'a pas assez d'étoffe pour être bon.

CCCLXXXVIII

Si la vanité ne renverse pas entièrement les vertus, du moins elle les ébranle toutes.

CCCLXXXIX

Ce qui nous rend la vanité des autres insupportable, c'est qu'elle blesse la nôtre.

CCCXC

On renonce plus aisément à son intérêt qu'à son goût.

CCCXCI

La fortune ne paraît jamais si aveugle qu'à ceux à qui elle ne fait pas de bien.

CCCXCII

Il faut gouverner la fortune comme la santé : en jouir quand elle est bonne, prendre patience quand elle est mauvaise, et ne faire jamais de grands remèdes sans un extrême besoin.

CCCXCIII

L'air bourgeois se perd quelquefois à l'armée, mais il ne se perd jamais à la cour.

CCCXCIV

On peut être plus fin qu'un autre, mais non pas plus fin que tous les autres.

CCCXCV

On est quelquefois moins malheureux d'être trompé de ce qu'on aime que d'en être détrompé.

CCCXCVI

On garde longtemps son premier amant, quand on n'en prend point de second.

CCCXCVII

Nous n'avons pas le courage de dire en général que nous n'avons point de défauts et que nos ennemis n'ont point de bonnes qualités, mais en détail nous ne sommes pas trop éloignés de le croire.

CCCXCVIII

De tous nos défauts, celui dont nous demeurons le plus aisément d'accord, c'est de la paresse ; nous nous persuadons qu'elle tient à toutes les vertus paisibles, et que, sans détruire entièrement les autres, elle en suspend seulement les fonctions.

CCCXCIX

Il y a une élévation qui ne dépend point de la fortune : c'est un certain air qui nous distingue et qui semble nous destiner aux grandes choses, c'est un prix que nous nous donnons imperceptiblement à nous-mêmes ; c'est par cette qualité que nous usurpons les déférences des autres hommes, et c'est elle d'ordinaire qui nous met plus au-dessus d'eux que la naissance, les dignités et le mérite même.

CD

Il y a du mérite sans élévation, mais il n'y a point d'élévation sans quelque mérite.

CDI

L'élévation est au mérite ce que la parure est aux belles personnes.

CDII

Ce qui se trouve le moins dans la galanterie, c'est de l'amour.

CDIII

La fortune se sert quelquefois de nos défauts pour nous élever, et il y a des gens incommodes dont le mérite serait mal récompensé si on ne voulait acheter leur absence.

CDIV

Il semble que la nature ait caché dans le

fond de notre esprit des talents et une habileté que nous ne connaissons pas ; les passions seules ont le droit de les mettre au jour et de nous donner quelquefois des vues plus certaines et plus achevées que l'art ne saurait faire.

CDV

Nous arrivons tout nouveaux aux divers âges de la vie, et nous y manquons souvent d'expérience, malgré le nombre des années.

CDVI

Les coquettes se font honneur d'être jalouses de leurs amants, pour cacher qu'elles sont envieuses des autres femmes.

CDVII

Il s'en faut bien que ceux qui s'attrapent à nos finesses ne nous paraissent aussi ridicules que nous nous le paraissons à nous-mêmes quand les finesses des autres nous ont attrapés.

CDVIII

Le plus dangereux ridicule des vieilles personnes qui ont été aimables, c'est d'oublier qu'elles ne le sont plus.

CDIX

Nous aurions souvent honte de nos plus belles actions si le monde voyait tous les motifs qui les produisent.

CDX

Le plus grand effort de l'amitié n'est pas de montrer nos défauts à un ami, c'est de lui faire voir les siens.

CDXI

On n'a guère de défauts qui ne soient plus pardonnables que les moyens dont on se sert pour les cacher.

CDXII

Quelque honte que nous ayons méritée, il est presque toujours en notre pouvoir de rétablir notre réputation.

CDXIII

On ne plaît pas longtemps quand on n'a qu'une sorte d'esprit.

CDXIV

Les fous et les sottes gens ne voient que par leur humeur.

CDXV

L'esprit nous sert quelquefois hardiment à faire des sottises.

CDXVI

La vivacité qui augmente en vieillissant ne va pas loin de la folie.

CDXVII

En amour, celui qui est guéri le premier est toujours le mieux guéri.

CDXVIII

Les jeunes femmes qui ne veulent point paraître coquettes, et les hommes d'un âge avancé qui ne veulent pas être ridicules, ne doivent jamais parler de l'amour comme d'une chose où ils puissent avoir part.

CDXIX

Nous pouvons paraître grands dans un emploi au-dessous de notre mérite, mais nous paraissons souvent petits dans un emploi plus grand que nous.

CDXX

Nous croyons souvent avoir de la constance dans les malheurs lorsque nous n'avons que de l'abattement, et nous les souffrons sans oser les regarder, comme les poltrons se laissent tuer de peur de se défendre.

CDXXI

La confiance fournit plus à la conversation que l'esprit.

CDXXII

Toutes les passions nous font faire des fautes, mais l'amour nous en fait faire de plus ridicules.

CDXXIII

Peu de gens savent être vieux.

CDXXIV

Nous nous faisons honneur des défauts opposés à ceux que nous avons : quand nous sommes faibles, nous nous vantons d'être opiniâtres.

CDXXV

La pénétration a un air de deviner qui flatte plus notre vanité que toutes les autres qualités de l'esprit.

CDXXVI

La grâce de la nouveauté et la longue habitude, quelque opposées qu'elles soient, nous empêchent également de sentir les défauts de nos amis.

CDXXVII

La plupart des amis dégoûtent de l'amitié, et la plupart des dévots dégoûtent de la dévotion.

CDXXVIII

Nous pardonnons aisément à nos amis les défauts qui ne nous regardent pas.

CDXXIX

Les femmes qui aiment pardonnent plus aisément les grandes indiscrétions que les petites infidélités.

CDXXX

Dans la vieillesse de l'amour, comme dans celle de l'âge, on vit encore pour les maux, mais on ne vit plus pour les plaisirs.

CDXXXI

Rien n'empêche tant d'être naturel que l'envie de le paraître.

CDXXXII

C'est en quelque sorte se donner part aux belles actions que de les louer de bon cœur.

CDXXXIII

La plus véritable marque d'être né avec de grandes qualités, c'est d'être né sans envie.

CDXXXIV

Quand nos amis nous ont trompés, on ne doit que de l'indifférence aux marques de leur amitié, mais on doit toujours de la sensibilité à leurs malheurs.

CDXXXV

La fortune et l'humeur gouvernent le monde.

CDXXXVI

Il est plus aisé de connaître l'homme en général que de connaître un homme en particulier.

CDXXXVII

On ne doit pas juger du mérite d'un homme par ses grandes qualités, mais par l'usage qu'il en sait faire.

CDXXXVIII

Il y a une certaine reconnaissance vive qui ne nous acquitte pas seulement des bienfaits

que nous avons reçus, mais qui fait même que
nos amis nous doivent en leur payant ce que
nous leur devons.

CDXXXIX

Nous ne désirerions guère de choses avec
ardeur si nous connaissions parfaitement ce
que nous désirons.

CDXL

Ce qui fait que la plupart des femmes sont
peu touchées de l'amitié, c'est qu'elle est fade
quand on a senti de l'amour.

CDXLI

Dans l'amitié, comme dans l'amour, on est
souvent plus heureux par les choses qu'on
ignore que par celles que l'on sait.

CDXLII

Nous essayons de nous faire honneur des
défauts que nous ne voulons pas corriger.

CDXLIII

Les passions les plus violentes nous laissent quelquefois du relâche, mais la vanité nous agite toujours.

CDXLIV

Les vieux fous sont plus fous que les jeunes.

CDXLV

La faiblesse est plus opposée à la vertu que le vice.

CDXLVI

Ce qui rend les douleurs de la honte et de la jalousie si aiguës, c'est que la vanité ne peut servir à les supporter.

CDXLVII

La bienséance est la moindre de toutes les lois et la plus suivie.

CDXLVIII

Un esprit droit a moins de peine de se soumettre aux esprits de travers que de les
conduire.

CDXLIX

Lorsque la fortune nous surprend en nous
donnant une grande place sans nous y avoir
conduits par degrés, ou sans que nous nous
y soyons élevés par nos espérances, il est
presque impossible de s'y bien soutenir et de
paraître digne de l'occuper.

CDL

Notre orgueil s'augmente souvent de ce
que nous retranchons de nos autres défauts.

CDLI

Il n'y a point de sots si incommodes que
ceux qui ont de l'esprit.

CDLII

Il n'y a point d'homme qui se croie en
chacune de ses qualités au-dessous de
l'homme du monde qu'il estime le plus.

CDLIII

Dans les grandes affaires, on doit moins s'appliquer à faire naître des occasions qu'à profiter de celles qui se présentent.

CDLIV

Il n'y a guère d'occasion où l'on fît un méchant marché de renoncer au bien qu'on dit de nous, à condition de n'en dire point de mal.

CDLV

Quelque disposition qu'ait le monde à mal juger, il fait encore plus souvent grâce au faux mérite qu'il ne fait injustice au véritable.

CDLVI

On est quelquefois un sot avec de l'esprit, mais on ne l'est jamais avec du jugement.

CDLVII

Nous gagnerions plus de nous laisser voir tels que nous sommes que d'essayer de paraître ce que nous ne sommes pas.

CDLVIII

Nos ennemis approchent plus de la vérité dans les jugements qu'ils font de nous que nous n'en approchons nous-mêmes.

CDLIX

Il y a plusieurs remèdes qui guérissent de l'amour, mais il n'y en a point d'infaillibles.

CDLX

Il s'en faut bien que nous connaissions tout ce que nos passions nous font faire.

CDLXI

La vieillesse est un tyran qui défend, sur peine de la vie, tous les plaisirs de la jeunesse.

CDLXII

Le même orgueil qui nous fait blâmer les défauts dont nous nous croyons exempts nous porte à mépriser les bonnes qualités que nous n'avons pas.

CDLXIII

Il y a souvent plus d'orgueil que de bonté à plaindre les malheurs de nos ennemis : c'est pour leur faire sentir que nous sommes au-dessus d'eux que nous leur donnons des marques de compassion.

CDLXIV

Il y a un excès de biens et de maux qui passe notre sensibilité.

CDLXV

Il s'en faut bien que l'innocence ne trouve autant de protection que le crime.

CDLXVI

De toutes les passions violentes, celle qui sied le moins mal aux femmes, c'est l'amour.

CDLXVII

La vanité nous fait faire plus de choses contre notre goût que la raison.

CDLXVIII

Il y a des méchantes qualités qui font de grands talents.

CDLXIX

On ne souhaite jamais ardemment ce qu'on ne souhaite que par raison.

CDLXX

Toutes nos qualités sont incertaines et douteuses en bien comme en mal, et elles sont presque toutes à la merci des occasions.

CDLXXI

Dans les premières passions les femmes aiment l'amant, et dans les autres elles aiment l'amour.

CDLXXII

L'orgueil a ses bizarreries comme les autres passions : on a honte d'avouer que l'on ait de la jalousie, et on se fait honneur d'en avoir eu et d'être capable d'en avoir.

CDLXXIII

Quelque rare que soit le véritable amour, il l'est encore moins que la véritable amitié.

CDLXXIV

Il y a peu de femmes dont le mérite dure plus que la beauté.

CDLXXV

L'envie d'être plaint ou d'être admiré fait souvent la plus grande partie de notre confiance.

CDLXXVI

Notre envie dure toujours plus longtemps que le bonheur de ceux que nous envions.

CDLXXVII

La même fermeté qui sert à résister à l'amour sert aussi à le rendre violent et durable ; et les personnes faibles, qui sont toujours agitées des passions, n'en sont presque jamais véritablement remplies.

CDLXXVIII

L'imagination ne saurait inventer tant de diverses contrariétés qu'il y en a naturellement dans le cœur de chaque personne.

CDLXXIX

Il n'y a que les personnes qui ont de la fermeté qui puissent avoir une véritable douceur ; celles qui paraissent douces n'ont d'ordinaire que de la faiblesse, qui se convertit aisément en aigreur.

CDLXXX

La timidité est un défaut dont il est dangereux de reprendre les personnes qu'on en veut corriger.

CDLXXXI

Rien n'est plus rare que la véritable bonté; ceux mêmes qui croient en avoir n'ont d'ordinaire que de la complaisance ou de la faiblesse.

CDLXXXII

L'esprit s'attache par paresse et par constance à ce qui lui est facile ou agréable ; cette habitude met toujours des bornes à nos connaissances, et jamais personne ne s'est donné la peine d'étendre et de conduire son esprit aussi loin qu'il pourrait aller.

CDLXXXIII

On est d'ordinaire plus médisant par vanité que par malice.

CDLXXXIV

Quand on a le cœur encore agité par les restes d'une passion, on est plus près d'en prendre une nouvelle que quand on est entièrement guéri.

CDLXXXV

Ceux qui ont eu de grandes passions se trouvent toute leur vie heureux, et malheureux d'en être guéris.

CDLXXXVI

Il y a encore plus de gens sans intérêt que sans envie.

CDLXXXVII

Nous avons plus de paresse dans l'esprit que dans le corps.

CDLXXXVIII

Le calme ou l'agitation de notre humeur ne dépend pas tant de ce qui nous arrive de plus considérable dans la vie que d'un arrangement commode ou désagréable de petites choses qui arrivent tous les jours.

CDLXXXIX

Quelque méchants que soient les hommes, ils n'oseraient paraître ennemis de la vertu ; et, lorsqu'ils la veulent persécuter, ils feignent de croire qu'elle est fausse, ou ils lui supposent des crimes.

CDXC

On passe souvent de l'amour à l'ambition, mais on ne revient guère de l'ambition à l'amour.

CDXCI

L'extrême avarice se méprend presque toujours ; il n'y a point de passion qui s'éloigne plus souvent de son but ni sur qui le présent ait tant de pouvoir au préjudice de l'avenir.

CDXCII

L'avarice produit souvent des effets contraires : il y a un nombre infini de gens qui sacrifient tout leur bien à des espérances douteuses et éloignées, d'autres méprisent de grands avantages à venir pour de petits intérêts présents.

CDXCIII

Il semble que les hommes ne se trouvent pas assez de défauts, ils en augmentent encore le nombre par de certaines qualités singulières dont ils affectent de se parer, et ils les cultivent avec tant de soin qu'elles deviennent à la fin des défauts naturels qu'il ne dépend plus d'eux de corriger.

CDXCIV

Ce qui fait voir que les hommes connaissent mieux leurs fautes qu'on ne pense, c'est qu'ils n'ont jamais tort quand on les entend parler de leur conduite ; le même amour-propre qui les aveugle d'ordinaire les éclaire alors et leur donne des vues si justes qu'il leur fait supprimer ou déguiser les moindres choses qui peuvent être condamnées.

CDXCV

Il faut que les jeunes gens qui entrent dans le monde soient honteux ou étourdis : un air capable et composé se tourne d'ordinaire en impertinence.

CDXCVI

Les querelles ne dureraient pas longtemps si le tort n'était que d'un côté.

CDXCVII

Il ne sert de rien d'être jeune sans être belle, ni d'être belle sans être jeune.

CDXCVIII

Il y a des personnes si légères et si frivoles qu'elles sont aussi éloignées d'avoir de véritables défauts que des qualités solides.

CDXCIX

On ne compte d'ordinaire la première galanterie des femmes que lorsqu'elles en ont une seconde.

D

Il y a des gens si remplis d'eux-mêmes que, lorsqu'ils sont amoureux, ils trouvent moyen d'être occupés de leur passion sans l'être de la personne qu'ils aiment.

DI

L'amour, tout agréable qu'il est, plaît encore plus par les manières dont il se montre que par lui-même.

DII

Peu d'esprit avec de la droiture ennuie moins à la longue que beaucoup d'esprit avec du travers.

DIII

La jalousie est le plus grand de tous les maux, et celui qui fait le moins de pitié aux personnes qui le causent.

DIV

Après avoir parlé de la fausseté de tant de vertus apparentes, il est raisonnable de dire quelque chose de la fausseté du mépris de la mort. J'entends parler de ce mépris de la

mort que les païens se vantent de tirer de
leurs propres forces, sans l'espérance d'une
meilleure vie. Il y a différence entre souffrir
la mort constamment et la mépriser. Le premier est assez ordinaire, mais je crois que
l'autre n'est jamais sincère. On a écrit néanmoins tout ce qui peut le plus persuader que
la mort n'est point un mal, et les hommes les
plus faibles, aussi bien que les héros, ont
donné mille exemples célèbres pour établir
cette opinion. Cependant je doute que personne de bon sens l'ait jamais cru ; et la
peine que l'on prend pour le persuader aux
autres et à soi-même fait assez voir que cette
entreprise n'est pas aisée. On peut avoir divers sujets de dégoût dans la vie, mais on n'a
jamais raison de mépriser la mort ; ceux mêmes qui se la donnent volontairement ne la
comptent pas pour si peu de chose, et ils s'en
étonnent et la rejettent comme les autres
lorsqu'elle vient à eux par une autre voie que
celle qu'ils ont choisie. L'inégalité que l'on
remarque dans le courage d'un nombre infini
de vaillants hommes vient de ce que la mort
se découvre différemment à leur imagination,
et y paraît plus présente en un temps qu'en
un autre : ainsi il arrive qu'après avoir mé-
prisé ce qu'ils ne connaissent pas, ils craignent enfin ce qu'ils connaissent. Il faut
éviter de l'envisager avec toutes ces circonstances si on ne veut pas croire qu'elle soit
le plus grand de tous les maux. Les plus habi-

les et les plus braves sont ceux qui prennent de plus honnêtes prétextes pour s'empêcher de la considérer ; mais tout homme qui la sait voir telle qu'elle est trouve que c'est une chose épouvantable. La nécessité de mourir faisait toute la constance des philosophes. Ils croyaient qu'il fallait aller de bonne grâce où l'on ne saurait s'empêcher d'aller, et, ne pouvant éterniser leur vie, il n'y avait rien qu'ils ne fissent pour éterniser leur réputation et sauver du naufrage ce qui n'en peut être garanti. Contentons-nous, pour faire bonne mine, de ne nous pas dire à nous-mêmes tout ce que nous en pensons, et espérons plus de notre tempérament que de ces faibles raisonnements qui nous font croire que nous pouvons approcher de la mort avec indifférence. La gloire de mourir avec fermeté, l'espérance d'être regretté, le désir de laisser une belle réputation, l'assurance d'être affranchi des misères de la vie et de ne dépendre plus des caprices de la fortune, sont des remèdes qu'on ne doit pas rejeter. Mais on ne doit pas croire aussi qu'ils soient infaillibles. Ils font, pour nous assurer, ce qu'une simple haie fait souvent, à la guerre, pour assurer ceux qui doivent approcher d'un lieu d'où l'on tire. Quand on en est éloigné, on s'imagine qu'elle peut mettre à couvert ; mais, quand on en est proche, on trouve que c'est un faible secours. C'est nous flatter de croire que la mort nous paraisse de près ce que nous en avons jugé de loin, et que nos sentiments, qui ne sont que faiblesse, soient d'une trempe assez forte pour ne point souffrir d'atteinte par la plus rude de toutes les épreuves. C'est aussi mal connaître les effets de l'amour-propre que de penser qu'il puisse nous aider à compter pour rien ce qui le doit nécessairement détruire ; et la raison, dans laquelle on croit trouver tant de ressources, est trop faible en cette rencontre pour nous persuader ce que nous voulons. C'est elle, au contraire, qui nous trahit le plus souvent, et qui, au lieu de nous inspirer le mépris de la mort, sert à nous découvrir ce qu'elle a d'affreux et de terrible. Tout ce qu'elle peut faire pour nous est de nous conseiller d'en détourner les yeux pour les arrêter sur d'autres objets. Caton et Brutus en choisirent d'illustres. Un laquais se contenta, il y a quelque temps, de danser sur l'échafaud où il allait être roué. Ainsi, bien que les motifs soient différents, ils produisent les mêmes effets. De sorte qu'il est vrai que, quelque disproportion qu'il y ait entre les grands hommes et les gens du commun, on a vu mille fois les uns et les autres recevoir la mort d'un même visage ; mais ç'a toujours été avec cette différence que, dans le mépris que les grands hommes font paraître pour la mort, c'est l'amour de la gloire qui leur en ôte la vue, et, dans les gens du commun, ce n'est qu'un effet de leur peu de lumière qui les empêche de connaître la grandeur de leur mal et leur laisse la liberté de penser à autre chose.

AUTRES REFLEXIONS[1]

★

L'AMOUR-PROPRE est l'amour de soi-même
et de toutes choses pour soi ; il rend les
hommes idolâtres d'eux-mêmes, et les rendrait
les tyrans des autres si la fortune leur en don-
nait les moyens ; il ne se repose jamais hors de
soi, et ne s'arrête dans les sujets étrangers que
comme les abeilles sur les fleurs, pour en tirer
ce qui lui est propre. Rien n'est si impétueux
que ses désirs, rien de si caché que ses desseins,
rien de si habile que ses conduites ; ses sou-
plesses ne se peuvent représenter, ses transfor-
mations passent celles des métamorphoses, et
ses raffinements ceux de la chimie. On ne peut
sonder la profondeur ni percer les ténèbres de
ses abîmes. Là il est à couvert des yeux les plus
pénétrants, il y fait mille insensibles tours et
retours ; là il est souvent invisible à lui-même,
il y conçoit, il y nourrit et il y élève sans le sa-

---

1. *Ces réflexions ne figurent que dans l'édition de 1665.*

voir un grand nombre d'affections et de haines ;
il en forme de si monstrueuses que, lorsqu'il
les a mises au jour, il les méconnaît, ou il ne
peut se résoudre à les avouer. De cette nuit qui
le couvre naissent les ridicules persuasions
qu'il a de lui-même ; de là viennent ses erreurs,
ses ignorances, ses grossièretés et ses niaiseries
sur son sujet ; de là vient qu'il croit que ses
sentiments sont morts lorsqu'ils ne sont qu'en-
dormis, qu'il s'imagine n'avoir plus envie de
courir dès qu'il se repose, et qu'il pense avoir
perdu tous les goûts qu'il a rassasiés. Mais cette
obscurité épaisse qui le cache à lui-même n'empêche pas qu'il ne voit parfaitement ce qui est
hors de lui, en quoi il est semblable à nos yeux,
qui découvrent tout, et sont aveugles seulement
pour eux-mêmes. En effet, dans ses plus grands
intérêts et dans ses plus importantes affaires,
où la violence de ses souhaits appelle toute son
attention, il voit, il sent, il entend, il imagine,
il soupçonne, il pénètre, il devine tout ; de sorte
qu'on est tenté de croire que chacune de ses passions a une espèce de magie qui lui est propre.
Rien n'est si intime et si fort que ses attachements, qu'il essaie de rompre inutilement à la
vue des malheurs extrêmes qui le menacent.
Cependant, il fait quelquefois en peu de temps
et sans aucun effort ce qu'il n'a pu faire avec
tous ceux dont il est capable dans le cours de
plusieurs années ; d'où l'on pourrait conclure
assez vraisemblablement que c'est par lui-même
que ses désirs sont allumés, plutôt que par la

beauté et par le mérite de ses objets ; que son goût est le prix qui les relève et le fard qui les embellit ; que c'est après lui-même qu'il court, et qu'il suit son gré lorsqu'il suit les choses qui sont à son gré. Il est tous les contraires : il est impérieux et obéissant, sincère et dissimulé, miséricordieux et cruel, timide et audacieux ; il a de différentes inclinations selon la diversité des tempéraments, qui le tournent et le dévouent tantôt à la gloire, tantôt aux richesses, et tantôt aux plaisirs ; il en change selon le changement de nos âges, de nos fortunes et de nos expériences ; mais il lui est indifférent d'en avoir plusieurs ou de n'en avoir qu'une, parce qu'il se partage en plusieurs, et se ramasse en une quand il le faut, et comme il lui plaît. Il est inconstant, et, outre les changements qui viennent des causes étrangères, il y en a une infinité qui naissent de lui et de son propre fonds ; il est inconstant d'inconstance, de légèreté, d'amour, de nouveauté, de lassitude et de dégoût ; il est capricieux, et on le voit quelquefois travailler avec le dernier empressement et avec des travaux incroyables à obtenir des choses qui ne lui sont point avantageuses, et qui même lui sont nuisibles, mais qu'il poursuit parce qu'il les veut. Il est bizarre, et met souvent toute son application dans les emplois les plus frivoles ; il trouve tout son plaisir dans les plus fades, et conserve toute sa fierté dans les plus méprisables. Il est dans tous les états de la vie et dans toutes les conditions, il vit par-

tout, il vit de tout et il vit de rien ; il s'accom-
mode des choses et de leur privation ; il passe
même dans le parti des gens qui lui font la
guerre, il entre dans leurs desseins, et, ce qui
est admirable, il se hait lui-même avec eux, il
conjure sa perte, il travaille même à sa ruine ;
enfin il ne se soucie que d'être, et, pourvu qu'il
soit, il veut bien être son ennemi. Il ne faut
donc pas s'étonner, s'il se joint quelquefois à la
plus rude austérité, et s'il entre si hardiment
en société avec elle pour se détruire, parce que,
dans le même temps qu'il se ruine en un endroit, il se rétablit en un autre ; quand on
pense qu'il quitte son plaisir, il ne fait que le
suspendre ou le changer, et, lors même qu'il est
vaincu et qu'on croit en être défait, on le re-
trouve qui triomphe dans sa propre défaite.
Voilà la peinture de l'amour-propre, dont toute
la vie n'est qu'une grande et longue agitation :
la mer en est une image sensible, et l'amour-
propre trouve dans le flux et le reflux de ses
vagues continuelles une fidèle expression de la
succession turbulente de ses pensées et de ses
éternels mouvements.

★

Toutes les passions ne sont autre chose que
les divers degrés de la chaleur et de la froideur
du sang.

★

La modération dans la bonne fortune n'est que l'appréhension de la honte qui suit l'emportement, ou la peur de perdre ce que l'on a.

★

La modération est comme la sobriété : on voudrait bien manger davantage, mais on craint de se faire mal.

★

Tout le monde trouve à redire en autrui ce qu'on trouve à redire en lui.

★

L'orgueil, comme lassé de ses artifices et de ses différentes métamorphoses, après avoir joué tout seul tous les personnages de la comédie humaine, se montre avec un visage naturel, et se découvre par la fierté ; de sorte qu'à proprement parler, la fierté est l'éclat et la déclaration de l'orgueil.

★

C'est une espèce de bonheur de connaître jusqu'à quel point on doit être malheureux.

★

Quand on ne trouve pas son repos en soi-même, il est inutile de le chercher ailleurs.

★

Il faudrait pouvoir répondre de sa fortune pour pouvoir répondre de ce que l'on fera.

★

L'amour est à l'âme de celui qui aime ce que l'âme est au corps qu'elle anime.

★

Comme on n'est jamais en liberté d'aimer ou de cesser d'aimer, l'amant ne peut se plaindre

158

avec justice de l'inconstance de sa maîtresse, ni elle de la légèreté de son amant.

★

La justice, dans les juges qui sont modérés, n'est que l'amour de leur élévation.

★

Quand nous sommes las d'aimer, nous sommes bien aises que l'on devienne infidèle, pour nous dégager de notre fidélité.

★

Le premier mouvement de joie que nous avons du bonheur de nos amis ne vient ni de la bonté de notre naturel ni de l'amitié que nous avons pour eux : c'est un effet de l'amour-propre, qui nous flatte de l'espérance d'être heureux à notre tour, ou de retirer quelque utilité de leur bonne fortune.

Dans l'adversité de nos meilleurs amis nous trouvons toujours quelque chose qui ne nous déplaît pas.

★

Comment prétendons-nous qu'un autre garde notre secret, si nous n'avons pas pu le garder nous-mêmes ?

★

Comme si ce n'était pas assez à l'amour-propre d'avoir la vertu de se transformer lui-même, il a encore celle de transformer les objets ; ce qu'il fait d'une manière fort étonnante : car non seulement il les déguise si bien qu'il y est lui-même trompé, mais il change aussi l'état et la nature des choses. En effet, lorsqu'une personne nous est contraire, et qu'elle tourne sa haine et sa persécution contre nous, c'est avec toute la sévérité de la justice que l'amour-propre juge ses actions ; il donne à ses défauts une étendue qui les rend énormes, et il met ses bonnes qualités dans un jour si désavantageux qu'elles deviennent plus dégoûtantes que ses défauts. Cependant, dès que cette même personne nous devient favorable, ou que quelqu'un de nos intérêts la réconcilie avec nous, notre seule satisfaction rend aussitôt à son mérite le lustre que notre aversion venait de lui ôter ; les mauvaises qualités s'effacent, et les bonnes paraissent avec plus d'avantage qu'auparavant ; nous rappelons même toute notre indulgence pour la forcer à justifier la guerre qu'elle nous a faite. Quoique toutes les passions montrent cette vérité, l'amour la fait voir plus clairement que les autres : car nous voyons un amoureux, agité de la rage où l'a mis l'oubli ou l'infidélité de ce qu'il aime, méditer pour sa vengeance tout ce que cette passion inspire de plus violent ; néanmoins, aussitôt que sa vue a calmé la fureur de ses mouvements, son ravissement rend cette beauté innocente, il n'accuse plus que lui-même, il condamne ses condamnations, et, par cette vertu miraculeuse de l'amour-propre, il ôte la noirceur aux mauvaises actions de sa maîtresse, et en sépare le crime pour s'en charger lui-même.

★

L'aveuglement des hommes est le plus dangereux effet de leur orgueil : il sert à le nourrir et à l'augmenter, et nous ôte la connaissance des remèdes qui pourraient soulager nos misères et nous guérir de nos défauts.

*

On n'a plus de raison quand on n'espère plus
d'en trouver aux autres.

*

Les philosophes, et Sénèque sur tous, n'ont
point ôté les crimes par leurs préceptes ; ils
n'ont fait que les employer au bâtiment de l'orgueil.

*

Les plus sages le sont dans les choses indifférentes, mais ils ne le sont presque jamais
dans leurs plus sérieuses affaires.

*

La plus subtile folie se fait de la plus subtile
sagesse.

*

La sobriété est l'amour de la santé, ou l'impuissance de manger beaucoup.

★

On n'oublie jamais mieux les choses que quand on s'est lassé d'en parler.

★

On ne blâme le vice et on ne loue la vertu que par intérêt.

★

La louange qu'on nous donne sert au moins à nous fixer dans la pratique des vertus.

★

L'amour-propre empêche bien que celui qui nous flatte ne soit jamais celui qui nous flatte le plus.

★

On ne fait point de distinction dans les espèces de colères, bien qu'il y en ait une légère et
quasi innocente, qui vient de l'ardeur de la
complexion, et une autre très criminelle, qui
est à proprement parler la fureur de l'orgueil.

★

Les grandes âmes ne sont pas celles qui ont
moins de passions et plus de vertu que les âmes
communes, mais celles seulement qui ont de
plus grands desseins.

★

Les rois font des hommes comme des pièces
de monnaie : ils les font valoir ce qu'ils veulent, et l'on est forcé de les recevoir selon leur
cours, et non pas selon leur véritable prix.

★

La férocité naturelle fait moins de cruels que
l'amour-propre.

★

On peut dire de toutes nos vertus ce qu'un poète italien a dit de l'honnêteté des femmes, que ce n'est souvent autre chose qu'un art de paraître honnête.

★

Il y a des crimes qui deviennent innocents et même glorieux par leur éclat, leur nombre et leur excès ; de là vient que les voleries publiques sont des habiletés, et que prendre des provinces injustement s'appelle faire des conquêtes.

★

On ne trouve point dans l'homme le bien ni le mal dans l'excès.

★

Ceux qui sont incapables de commettre de grands crimes n'en soupçonnent pas facilement les autres.

★

La pompe des enterrements regarde plus la vanité des vivants que l'honneur des morts.

★

Quelque incertitude et quelque variété qui paraisse dans le monde, on y remarque néanmoins un certain enchaînement secret, et un ordre réglé de tout temps par la Providence, qui fait que chaque chose marche en son rang et suit le cours de sa destinée.

★

L'intrépidité doit soutenir le cœur dans les conjurations, au lieu que la seule valeur lui fournit toute la fermeté qui lui est nécessaire dans les périls de la guerre.

★

Ceux qui voudraient définir la victoire par sa naissance seraient tentés, comme les poètes, de l'appeler la fille du Ciel, puisqu'on ne trouve point son origine sur la terre. En effet, elle est produite par une infinité d'actions qui, au lieu de l'avoir pour but, regardent seulement les intérêts particuliers de ceux qui les font, puisque tous ceux qui composent une armée, allant à leur propre gloire et à leur élévation, procurent un bien si grand et si général.

*

On ne peut répondre de son courage quand on n'a jamais été dans le péril.

*

On donne plus souvent les bornes à sa reconnaissance qu'à ses désirs et à ses espérances.

*

L'imitation est toujours malheureuse, et tout ce qui est contrefait déplaît avec les mêmes choses qui charment lorsqu'elles sont naturelles.

*

Nous ne regrettons pas la perte de nos amis selon leur mérite, mais selon nos besoins et selon l'opinion que nous croyons leur avoir donnée de ce que nous valons.

★

Il est bien malaisé de distinguer la bonté générale et répandue sur tout le monde de la grande habileté.

★

Pour pouvoir être toujours bon, il faut que les autres croient qu'ils ne peuvent jamais nous être impunément méchants.

★

La confiance de plaire est souvent un moyen de déplaire infailliblement.

★

La confiance que l'on a en soi fait naître la plus grande partie de celle que l'on a aux autres.

★

Il y a une révolution générale qui change le goût des esprits aussi bien que les fortunes du monde.

★

La vérité est le fondement et la raison de la perfection et de la beauté : une chose, de quelque nature qu'elle soit, ne saurait être belle et parfaite si elle n'est véritablement tout ce qu'elle doit être et si elle n'a tout ce qu'elle doit avoir.

★

Il y a de belles choses qui ont plus d'éclat quand elles demeurent imparfaites que quand elles sont trop achevées.

★

La magnanimité est un noble effort de l'orgueil par lequel il rend l'homme maître de lui-même, pour le rendre maître de toutes choses.

★

Le luxe et la trop grande politesse, dans les Etats, sont le présage assuré de leur décadence, parce que, tous les particuliers s'attachant à leurs intérêts propres, ils se détournent du bien public.

★

De toutes les passions, celle qui est la plus inconnue à nous-mêmes, c'est la paresse ; elle est la plus ardente et la plus maligne de toutes, quoique sa violence soit insensible et que les dommages qu'elle cause soient très cachés. Si nous considérons attentivement son pouvoir, nous verrons qu'elle se rend en toutes rencontres maîtresse de nos sentiments, de nos intérêts et de nos plaisirs ; c'est le rémora qui a la force d'arrêter les plus grands vaisseaux, c'est une bonace plus dangereuse aux plus importantes affaires que les écueils et que les plus grandes tempêtes ; le repos de la paresse est un charme secret de l'âme qui suspend soudaine-

170

ment les plus ardentes poursuites et les plus opiniâtres résolutions. Pour donner enfin la véritable idée de cette passion, il faut dire que la paresse est comme une béatitude de l'âme, qui la console de toutes ses pertes et qui lui tient lieu de tous les biens.

★

On aime bien à deviner les autres, mais l'on n'aime pas être deviné.

★

C'est une ennuyeuse maladie que de conserver sa santé par un trop grand régime.

★

Il est plus facile de prendre de l'amour quand on n'en a pas que de s'en défaire quand on en a.

★

La plupart des femmes se rendent plutôt par faiblesse que par passion : de là vient que pour l'ordinaire les hommes entreprenants réussissent mieux que les autres, quoiqu'ils ne soient pas plus aimables.

★

N'aimer guère en amour est un moyen assuré pour être aimé.

★

La sincérité que se demandent les amants et les maîtresses, pour savoir l'un et l'autre quand ils cesseront de s'aimer, et bien moins pour vouloir être avertis quand on les aimera plus que pour être mieux assuré qu'on les aime lorsque l'on ne dit pas le contraire.

★

La plus juste comparaison qu'on puisse faire de l'amour, c'est celle de la fièvre : nous n'avons non plus de pouvoir sur l'un que sur l'autre, soit pour sa violence ou pour sa durée.

★

La plus grande habileté des moins habiles est de se savoir soumis à la bonne conduite d'autrui.

★

Il n'y en a point qui pressent tant les autres que les paresseux lorsqu'ils ont satisfait à leur paresse, afin de paraître diligents.

★

C'est une preuve de peu d'amitié de ne s'apercevoir pas du refroidissement de celle de nos amis.

★

On craint toujours de voir ce qu'on aime, quand on vient de faire des coquetteries ailleurs.

★

On doit se consoler de ses fautes quand on a la force de les avouer.

REFLEXIONS [1]

★

Force gens veulent être dévots, mais personne ne veut être humble.

★

Le travail du corps délivre des peines de l'esprit, et c'est ce qui rend les pauvres heureux.

★

Les véritables mortifications sont celles qui ne sont point connues ; la vanité rend les autres faciles.

---

1. *Ajoutées dans l'édition posthume de 1693.*

★

L'humilité est l'autel sur lequel Dieu veut qu'on lui offre des sacrifices.

★

Il faut peu de chose pour rendre le sage heureux ; rien ne peut rendre un fou content : c'est pourquoi presque tous les hommes sont misérables.

★

Nous nous tourmentons moins pour devenir heureux que pour faire croire que nous le sommes.

★

Il est bien plus aisé d'éteindre un premier désir que de satisfaire tous ceux qui le suivent.

★

La sagesse est à l'âme ce que la santé est pour le corps.

★

Les grands de la terre ne pouvant donner la santé du corps ni le repos d'esprit, on achète toujours trop cher tous les biens qu'ils peuvent faire.

★

Un véritable ami est le plus grand de tous les biens et celui de tous qu'on songe le moins à acquérir.

★

Les amants ne voient les défauts de leurs maîtresses que lorsque leur enchantement est fini.

★

La prudence et l'amour ne sont pas faits l'un pour l'autre ; à mesure que l'amour croît, la prudence diminue.

177

*

Il est quelquefois agréable à un mari d'avoir une femme jalouse ; il entend toujours parler de ce qu'il aime.

*

Qu'une femme est à plaindre quand elle a tout ensemble de l'amour et de la vertu !

*

Le sage trouve mieux son compte à ne point s'engager qu'à vaincre.

*

Il est plus nécessaire d'étudier les hommes que les livres.

*

Le bonheur ou le malheur vont d'ordinaire à ceux qui ont le plus de l'un ou de l'autre.

★

Une honnête femme est un trésor caché ; celui qui l'a trouvée fait fort bien de ne s'en pas vanter.

★

Quand nous aimons trop, il est mal aisé de reconnaître si l'on cesse de nous aimer.

★

Il n'est jamais plus difficile de bien parler que quand on a honte de se taire.

★

Il n'est rien de plus naturel ni de plus trompeur que de croire qu'on est aimé.

★

Nous aimons mieux voir ceux à qui nous faisons du bien que ceux qui nous en font.

*

Il est plus difficile de dissimuler les sentiments que l'on a que de feindre ceux que l'on
n'a pas.

*

Les amitiés renouées demandent plus de
soins que celles qui n'ont jamais été rompues.

*

Un homme à qui personne ne plaît est bien
plus malheureux que celui qui ne plaît à personne.

REFLEXIONS DIVERSES [1]

DU VRAI

L E vrai, dans quelque sujet qu'il se trouve, ne peut être effacé par aucune comparaison d'un autre vrai, et, quelque différence qui puisse être entre deux sujets, ce qui est vrai dans l'un n'efface point ce qui est vrai dans l'autre : ils peuvent avoir plus ou moins d'étendue et être plus ou moins éclatants, mais ils sont toujours égaux par leur vérité, qui n'est pas plus vérité dans le plus grand que dans le plus petit. L'art de la guerre est plus étendu, plus noble et plus brillant que celui de la poésie ; mais le poète et le conquérant sont comparables l'un à l'autre ; comme aussi, tant qu'ils sont véritablement ce qu'ils sont, le législateur, le peintre, etc., etc.

Deux sujets de même nature peuvent être différents, et même opposés, comme le sont Scipion et Annibal, Fabius Maximus et Mar-

---

1. *Retrouvées dans les papiers de l'auteur.*

cellus ; cependant, parce que leurs qualités sont vraies, elles subsistent en présence l'une de l'autre, et ne s'effacent point par la comparaison. Alexandre et César donnent des royaumes ; la veuve donne une pite[1] : quelque différents que soient ces présents, la libéralité est vraie et égale en chacun d'eux, et chacun donne à proportion de ce qu'il est.

Un sujet peut avoir plusieurs vérités, et un autre sujet peut n'en avoir qu'une : le sujet qui a plusieurs vérités est d'un plus grand prix, et peut briller par des endroits où l'autre ne brille pas ; mais, dans l'endroit où l'un et l'autre est vrai, ils brillent également. Epaminondas était grand capitaine, bon citoyen, grand philosophe ; il était plus estimable que Virgile, parce qu'il avait plus de vérités que lui ; mais, comme grand capitaine, Epaminondas n'était pas plus excellent que Virgile comme grand poète, parce que, par cet endroit, il n'était pas plus vrai que lui. La cruauté de cet enfant qu'un consul fit mourir pour avoir crevé les yeux d'une corneille était moins importante que celle de Philippe second, qui fit mourir son fils, et elle était peut-être mêlée avec moins d'autres vices ; mais le degré de cruauté exercée sur un simple animal ne laisse pas de tenir son rang avec la cruauté des princes les plus cruels,

---

1. Pite *tirerait son nom d'une petite pièce de monnaie.*

parce que leurs différents degrés de cruauté ont une vérité égale.

Quelque disproportion qu'il y ait entre deux maisons qui ont les beautés qui leur conviennent, elles ne s'effacent point l'une par l'autre ; ce qui fait que Chantilly n'efface point Liancourt, bien qu'il ait infiniment plus de diverses beautés, et que Liancourt n'efface pas aussi Chantilly ; c'est que Chantilly a les beautés qui conviennent à la grandeur de Monsieur le Prince, et que Liancourt a les beautés qui conviennent à un particulier, et qu'ils ont chacun de vraies beautés. On voit néanmoins des femmes d'une beauté éclatante, mais irrégulière, qui en effacent souvent de plus véritablement belles ; mais, comme le goût, qui se prévient aisément, est le juge de la beauté, et que la beauté des plus belles personnes n'est pas toujours égale, s'il arrive que les moins belles effacent les autres, ce sera seulement durant quelques moments ; ce sera que la différence de la lumière et du jour fera plus ou moins discerner la vérité qui est dans les traits ou dans les couleurs, qu'elle fera paraître ce que la moins belle aura de beau, et empêchera de paraître ce qui est de vrai et de beau dans l'autre.

Mon dessein n'est pas de parler de l'amitié en parlant de la société ; bien qu'elles aient quelque rapport, elles sont néanmoins très différentes : la première a plus d'élévation et de dignité, et le plus grand mérite de l'autre, c'est de lui ressembler. Je ne parlerai donc présentement que du commerce particulier que les honnêtes gens doivent avoir ensemble.

Il serait inutile de dire combien la société est nécessaire aux hommes : tous la désirent et tous la cherchent, mais peu se servent des moyens de la rendre agréable et de la faire durer. Chacun veut trouver son plaisir et ses avantages aux dépens des autres ; on se préfère toujours à ceux avec qui on se propose de vivre, et on leur fait presque toujours sentir cette préférence ; c'est ce qui trouble et qui détruit la société. Il faudrait du moins savoir cacher ce désir de préférence, puisqu'il est trop naturel en nous pour nous en pouvoir défaire ; il faudrait faire son plaisir de celui des autres, ménager leur amour-propre, et ne le blesser jamais.

L'esprit a beaucoup de part à un si grand ouvrage, mais il ne suffit pas seul pour nous conduire dans les divers chemins qu'il faut tenir. Le rapport qui se rencontre entre les esprits ne maintiendrait pas longtemps la société, si elle n'était réglée et soutenue par le bon sens, par l'humeur, et par des égards qui doivent être entre les personnes qui veulent vivre ensemble. S'il arrive quelquefois que des gens opposés d'humeur et d'esprit paraissent unis, ils tiennent sans doute par des liaisons étrangères, qui ne durent pas longtemps. On peut être aussi en société avec des personnes sur qui nous avons de la supériorité par la naissance ou par des qualités personnelles ; mais ceux qui ont cet avantage n'en doivent pas abuser : ils doivent rarement le faire sentir, et ne s'en servir que pour instruire les autres ; ils doivent leur faire apercevoir qu'ils ont besoin d'être conduits, et les mener par raison, en s'accommodant, autant qu'il est possible, à leurs sentiments et à leurs intérêts.

Pour rendre la société commode, il faut que chacun conserve sa liberté : il faut se voir ou ne se voir point, sans sujétion, pour se divertir ensemble, et même s'ennuyer ensemble ; il faut se pouvoir séparer, sans que cette séparation apporte de changement ; il faut se pouvoir passer les uns des autres, si on ne veut pas s'exposer à embarrasser quelquefois, et on doit se souvenir qu'on incommode souvent quand on croit ne pouvoir jamais incommoder. Il faut contribuer, autant qu'on le peut, au divertissement des personnes avec qui on veut vivre ; mais il ne faut pas être toujours chargé du soin d'y contribuer. La complaisance est nécessaire dans la société, mais elle doit avoir des bornes : elle devient une servitude quand elle est excessive ; il faut du moins qu'elle paraisse libre, et qu'en suivant le sentiment de nos amis, ils soient persuadés que c'est le nôtre aussi que nous suivons.

Il faut être facile à excuser nos amis, quand leurs défauts sont nés avec eux, et qu'ils sont moindres que leurs bonnes qualités ; il faut surtout éviter de leur faire voir qu'on les ait remarqués et qu'on en soit choqué, et l'on doit essayer de faire en sorte qu'ils puissent s'en apercevoir eux-mêmes, pour leur laisser le mérite de s'en corriger.

Il y a une sorte de politesse qui est nécessaire dans le commerce des honnêtes gens : elle leur fait entendre raillerie, et elle les empêche d'être choqués et de choquer les autres par de certaines façons de parler trop sèches et trop dures, qui échappent souvent sans y penser, quand on soutient son opinion avec chaleur.

Le commerce des honnêtes gens ne peut subsister sans une certaine sorte de confiance ; elle doit être commune entre eux ; il faut que chacun ait un air de sûreté et de discrétion qui ne donne jamais lieu de craindre qu'on puisse rien dire par imprudence.

Il faut de la variété dans l'esprit : ceux qui n'ont que d'une sorte d'esprit ne peuvent pas plaire longtemps. On peut prendre des routes diverses, n'avoir pas les mêmes vues ni les mêmes talents, pourvu qu'on aide au plaisir de la société, et qu'on y observe la même justesse que les différentes voix et les divers instruments doivent observer dans la musique.

Comme il est malaisé que plusieurs personnes puissent avoir les mêmes intérêts, il est nécessaire au moins, pour la douceur de la société, qu'ils n'en aient pas de contraires. On doit aller au-devant de ce qui peut plaire à ses amis, chercher les moyens de leur être utile, leur épargner des chagrins, leur faire voir qu'on les partage avec eux quand on ne peut les détourner, les effacer insensiblement sans prétendre de les arracher tout d'un coup, et mettre en la place des objets agréables, ou du moins qui les occupent. On peut leur parler des choses qui les regardent, mais ce n'est qu'autant qu'ils le permettent, et on y doit garder beaucoup de mesure : il y a de la politesse, et quelquefois même de l'humanité, à ne pas entrer trop avant dans les replis de leur cœur ; ils ont souvent de la peine à laisser voir tout ce qu'ils en connaissent, et ils en ont encore davantage quand on pénètre ce qu'ils ne connaissent pas. Bien que le commerce que les honnêtes gens ont ensemble leur donne de la familiarité, et leur fournisse un nombre infini de sujets de se parler sincèrement, personne presque n'a assez de docilité et de bon sens pour bien recevoir plusieurs avis qui sont nécessaires pour maintenir la société : on veut être averti jusqu'à un certain point, mais on ne veut pas l'être en toutes choses, et on craint de savoir toutes sortes de vérités.

Comme on doit garder des distances pour voir les objets, il en faut garder aussi pour la société : chacun a son point de vue, d'où il veut être regardé ; on a raison, le plus souvent, de ne vouloir pas être éclairé de trop près, et il n'y a presque point d'homme qui veuille, en toutes choses, se laisser voir tel qu'il est.

Il y a un air qui convient à la figure et aux talents de chaque personne : on perd toujours quand on le quitte pour en prendre un autre. Il faut essayer de connaître celui qui nous est naturel, n'en point sortir, et le perfectionner autant qu'il nous est possible.

Ce qui fait que la plupart des petits enfants plaisent, c'est qu'ils sont encore renfermés dans cet air et dans ces manières que la nature leur a donnés, et qu'ils n'en connaissent point d'autres. Ils les changent et les corrompent quand ils sortent de l'enfance : ils croient qu'il faut imiter ce qu'ils voient faire aux autres, et ils ne le peuvent parfaitement imiter ; il y a toujours quelque chose de faux et d'incertain dans toute imitation. Ils n'ont rien de fixe dans leurs manières ni dans leurs sentiments ; au lieu d'être en effet ce qu'ils veulent paraître, ils cherchent à paraître ce qu'ils ne sont pas. Chacun veut être un autre, et n'être plus ce qu'il est : ils cherchent une contenance hors d'eux-mêmes et un autre esprit que le leur ; ils prennent des tons et des manières au hasard ; ils en font l'expérience sur eux, sans considérer que ce qui convient à quelques-uns ne convient pas à tout le monde, qu'il n'y a point de règle générale pour les tons et pour les manières, et qu'il n'y a point de bonnes copies. Deux hommes néanmoins peuvent avoir du rapport en plusieurs choses sans être copie l'un de l'autre, si chacun suit son naturel ; mais personne presque ne le suit entièrement : on aime à imiter ; on imite souvent, même sans s'en apercevoir, et on néglige ses propres biens pour des biens étrangers, qui d'ordinaire ne nous conviennent pas.

Je ne prétends pas, par ce que je dis, nous renfermer tellement en nous-mêmes que nous n'ayons pas la liberté de suivre des exemples, et de joindre à nous des qualités utiles ou nécessaires que la nature ne nous a pas données : les arts et les sciences conviennent à la plupart de ceux qui s'en rendent capables ; la bonne grâce et la politesse conviennent à tout le monde ; mais ces qualités acquises doivent avoir un certain rapport et une certaine union avec nos qualités naturelles, qui les étendent et les augmentent imperceptiblement.

Nous sommes quelquefois élevés à un rang et à des dignités qui sont au-dessus de nous ; nous sommes souvent engagés dans une profession nouvelle où la nature ne nous avait pas destinés : tous ces états ont chacun un air qui leur convient, mais qui ne convient pas toujours avec notre air naturel ; ce changement de notre fortune change souvent notre air et nos manières, et y ajoute l'air de la dignité, qui est toujours faux quand il est trop marqué et qu'il n'est pas joint et confondu avec l'air que la nature nous a donné : il faut les unir et les mêler ensemble, et qu'ils ne paraissent jamais séparés.

On ne parle pas de toutes choses sur un même ton et avec les mêmes manières ; on ne marche pas à la tête d'un régiment comme on marche en se promenant ; mais il faut qu'un même air nous fasse dire naturellement des choses différentes, et qu'il nous fasse marcher différemment, mais toujours naturellement, et comme il convient de marcher à la tête d'un régiment et à une promenade.

Il y en a qui ne se contentent pas de renoncer à leur air propre et naturel, pour suivre celui du rang et des dignités où ils sont parvenus ; il y en a même qui prennent par avance l'air des dignités et du rang où ils aspirent. Combien de lieutenants généraux apprennent à paraître maréchaux de France ! Combien de gens de robe répètent inutilement l'air de chancelier, et combien de bourgeoises se donnent l'air de duchesses !

Ce qui fait qu'on déplaît souvent, c'est que personne ne sait accorder son air et ses manières avec sa figure, ni ses tons et ses paroles avec ses pensées et ses sentiments ; on trouble leur harmonie par quelque chose de faux et d'étranger ; on s'oublie soi-même, et on s'en éloigne insensiblement ; tout le monde presque tombe, par quelque endroit, dans ce défaut ; personne n'a l'oreille assez juste pour entendre parfaitement cette sorte de cadence. Mille gens déplaisent avec des qualités aimables ; mille gens plaisent avec de moindres talents : c'est que les uns veulent paraître ce qu'ils ne sont pas, les autres sont ce qu'ils paraissent ; et enfin, quelques avantages ou quelques désavantages que nous ayons reçus de la nature, on plaît à proportion de ce qu'on suit l'air, les tons, les manières et les sentiments, qui conviennent à notre état et à notre figure, et on déplaît à proportion de ce qu'on s'en éloigne.

Ce qui fait que si peu de personnes sont agréables dans la conversation, c'est que chacun songe plus à ce qu'il veut dire qu'à ce que les autres disent. Il faut écouter ceux qui parlent, si on en veut être écouté ; il faut leur laisser la liberté de se faire entendre, et même de dire des choses inutiles. Au lieu de les contredire ou de les interrompre, comme on fait souvent, on doit, au contraire, entrer dans leur esprit et dans leur goût, montrer qu'on les entend, leur parler de ce qui les touche, louer ce qu'ils disent autant qu'il mérite d'être loué, et faire voir que c'est plutôt par choix qu'on le loue que par complaisance. Il faut éviter de contester sur des choses indifférentes, faire rarement des questions, qui sont presque toujours inutiles, ne laisser jamais croire qu'on prétend avoir plus de raison que les autres, et céder aisément l'avantage de décider.

On doit dire des choses naturelles, faciles et plus ou moins sérieuses, selon l'humeur et l'inclination des personnes que l'on entretient, ne les presser pas d'approuver ce qu'on dit, ni même d'y répondre. Quand on a satisfait de cette sorte aux devoirs de la politesse, on peut dire ses sentiments, sans prévention et sans opiniâtreté, en faisant paraître qu'on cherche à les appuyer de l'avis de ceux qui écoutent.

Il faut éviter de parler longtemps de soi-même, et de se donner souvent pour exemple. On ne saurait avoir trop d'application à connaître la pente et la portée de ceux à qui on parle, pour se joindre à l'esprit de celui qui en a le plus, et pour ajouter ses pensées aux siennes, en lui faisant croire, autant qu'il est possible, que c'est de lui qu'on les prend. Il y a de l'habileté à n'épuiser pas les sujets qu'on traite, et à laisser toujours aux autres quelque chose à penser et à dire.

On ne doit jamais parler avec des airs d'autorité, ni se servir de paroles et de termes plus grands que les choses. On peut conserver ses opinions, si elles sont raisonnables ; mais, en les conservant, il ne faut jamais blesser les sentiments des autres, ni paraître choqué de ce qu'ils ont dit. Il est dangereux de vouloir être toujours le maître de la conversation, et de parler trop souvent d'une même chose ; on doit entrer indifféremment sur tous les sujets agréables qui se présentent, et ne faire jamais voir qu'on veut entraîner la conversation sur ce qu'on a envie de dire.

Il est nécessaire d'observer que toute sorte de conversation, quelque honnête et quelque spirituelle qu'elle soit, n'est pas également propre à toutes sortes d'honnêtes gens : il faut choisir ce qui convient à chacun, et choisir même le temps de le dire ; mais, s'il y a beaucoup d'art à savoir parler à propos, il n'y en a pas moins à savoir se taire. Il y a un silence éloquent : il

sert quelquefois à approuver et à condamner ;
il y a un silence moqueur ; il y a un silence
respectueux ; il y a enfin des airs, des tons et
des manières qui font souvent ce qu'il y a
d'agréable ou de désagréable, de délicat ou de
choquant, dans la conversation ; le secret de
s'en bien servir est donné à peu de personnes ;
ceux mêmes qui en font des règles s'y méprennent quelquefois ; la plus sûre, à mon avis, c'est
de n'en point avoir qu'on ne puisse changer, de
laisser plutôt voir des négligences dans ce qu'on
dit que de l'affectation, d'écouter, de ne parler
guère, et de ne se forcer jamais à parler.

Bien que la sincérité et la confiance aient du rapport, elles sont néanmoins différentes en plusieurs choses : la sincérité est une ouverture de cœur, qui nous montre tels que nous sommes ; c'est un amour de la vérité, une répugnance à se déguiser, un désir de se dédommager de ses défauts, et de les diminuer même par le mérite de les avouer. La confiance ne nous laisse pas tant de liberté ; ses règles sont plus étroites ; elle demande plus de prudence et de retenue, et nous ne sommes pas toujours libres d'en disposer ; il ne s'agit pas de nous uniquement, et nos intérêts sont mêlés d'ordinaire avec les intérêts des autres. Elle a besoin d'une grande justesse pour ne livrer pas nos amis en nous livrant nous-mêmes, et pour ne faire pas des présents de leur bien, dans la vue d'augmenter le prix de ce que nous donnons.

La confiance plaît toujours à celui qui la reçoit : c'est un tribut que nous payons à son mérite ; c'est un dépôt que l'on commet à sa foi ; ce sont des gages qui lui donnent un droit sur nous, et une sorte de dépendance où nous nous assujettissons volontairement. Je ne prétends pas détruire par ce que je dis la confiance, si nécessaire entre les hommes, puisqu'elle est le lien de la société et de l'amitié : je prétends seulement y mettre des bornes et la rendre honnête et fidèle. Je veux qu'elle soit toujours vraie et toujours prudente, et qu'elle n'ait ni faiblesse, ni intérêt ; mais je sais bien qu'il est malaisé de donner de justes limites à la manière de recevoir toute sorte de confiance de nos amis, et de leur faire part de la nôtre.

On se confie le plus souvent par vanité, par envie de parler, par le désir de s'attirer la confiance des autres, et pour faire un échange de secrets. Il y a des personnes qui peuvent avoir raison de se fier en nous, vers qui nous n'aurions pas raison d'avoir la même conduite ; et on s'acquitte envers ceux-ci en leur gardant le secret et en les payant de légères confidences. Il y en a d'autres dont la fidélité nous est connue, qui ne ménagent rien avec nous, et à qui on peut se confier par choix et par estime. On doit ne leur cacher rien de ce qui ne regarde que nous, se montrer à eux toujours vrais, dans nos bonnes qualités et dans nos défauts même, sans exagérer les unes et sans diminuer les autres ; se faire une loi de ne leur faire jamais de demi-confidences, qui embarrassent toujours ceux qui les font, et ne contentent presque jamais ceux qui les reçoivent : on leur donne des lumières confuses de ce qu'on veut cacher, et on augmente leur curiosité ; on les met en droit d'en vouloir savoir davantage, et ils se croient en liberté de disposer de ce qu'ils ont pénétré. Il est plus sûr et plus honnête de ne leur rien dire que de se taire quand on a commencé à parler.

Il y a d'autres règles à suivre pour les choses qui nous ont été confiées : plus elles sont importantes, et plus la prudence et la fidélité y sont nécessaires. Tout le monde convient que le secret doit être inviolable ; mais on ne convient pas toujours de la nature et de l'importance du secret : nous ne consultons le plus souvent que nous-mêmes sur ce que nous devons dire et sur ce que nous devons taire ; il y a peu de secrets de tous les temps, et le scrupule de les révéler ne dure pas toujours.

On a des liaisons étroites avec des amis dont on connaît la fidélité ; ils nous ont toujours parlé sans réserve, et nous avons toujours gardé les mêmes mesures avec eux ; ils savent nos habitudes et nos commerces, et ils nous voient de trop près pour ne s'apercevoir pas du moindre changement ; ils peuvent savoir par ailleurs ce que nous sommes engagés de ne dire jamais à personne ; il n'a pas été en notre pouvoir de les faire entrer dans ce qu'on nous a confié, et qu'ils ont peut-être quelque intérêt de savoir ; on est assuré d'eux comme de soi, et on se voit cependant réduit à la cruelle nécessité de perdre leur amitié, qui nous est précieuse, ou de manquer à la foi du secret. Cet état est sans doute la plus rude épreuve de la fidélité ; mais il ne doit pas ébranler un honnête homme. C'est alors qu'il lui est permis de se préférer aux autres ; son premier devoir est indispensablement de conserver le dépôt en son entier, sans en peser les suites : il doit non seulement ménager ses paroles et ses tons, il doit encore ménager ses conjectures, et ne laisser jamais rien voir, dans ses discours ni dans son air, qui puisse tourner l'esprit des autres vers ce qu'il ne veut pas dire.

On a souvent besoin de force et de prudence pour opposer à la tyrannie de la plupart de nos amis, qui se font un droit sur notre confiance, et qui veulent tout savoir de nous. On ne doit jamais leur laisser établir ce droit sans exception : il y a des rencontres et des circonstances qui ne sont pas de leur juridiction ; s'ils s'en plaignent, on doit souffrir leurs plaintes, et s'en justifier avec douceur ; mais, s'ils demeurent injustes, on doit sacrifier leur amitié à son devoir, et choisir entre deux maux inévitables, dont l'un se peut réparer, et l'autre est sans remède.

Ceux qui ont voulu nous représenter l'amour et ses caprices l'ont comparé en tant de sortes à la mer, qu'il est malaisé de rien ajouter à ce qu'ils en ont dit : ils nous ont fait voir que l'un et l'autre ont une inconstance et une infidélité égales, que leurs biens et leurs maux sont sans nombre, que les navigations les plus heureuses sont exposées à mille dangers, que les tempêtes et les écueils sont toujours à craindre, et que souvent même on fait naufrage dans le port ; mais, en nous exprimant tant d'espérances et tant de craintes, ils ne nous ont pas assez montré, ce me semble, le rapport qu'il y a d'un amour usé, languissant et sur sa fin, à ces longues bonaces, à ces calmes ennuyeux, que l'on rencontre sous la ligne. On est fatigué d'un grand voyage, on souhaite de l'achever ; on voit la terre, mais on manque de vent pour y arriver ; on se voit exposé aux injures des saisons ; les maladies et les langueurs empêchent d'agir ; l'eau et les vivres manquent ou changent de goût ; on a recours inutilement aux secours étrangers ; on essaie de pêcher, et on prend quelques poissons, sans en tirer de soulagement ni de nourriture ; on est las de tout ce qu'on voit, on est toujours avec ses mêmes pensées, et on est toujours ennuyé ; on vit encore, et on a regret à vivre ; on attend des désirs pour sortir d'un état pénible et languissant, mais on n'en forme que de faibles et d'inutiles.

Quelque différence qu'il y ait entre les bons et les mauvais exemples, on trouvera que les uns et les autres ont presque également produit de méchants effets ; je ne sais même si les crimes de Tibère et de Néron ne nous éloignent pas plus du vice que les exemples estimables des plus grands hommes ne nous approchent de la vertu. Combien la valeur d'Alexandre a-t-elle fait de fanfarons ! Combien la gloire de César a-t-elle autorisé d'entreprises contre la patrie ! Combien Rome et Sparte ont-elles loué de vertus farouches ! Combien Diogène a-t-il fait de philosophes importuns, Cicéron de babillards, Pomponius Atticus de gens neutres et paresseux, Marius et Sylla de vindicatifs, Lucullus de voluptueux, Alcibiade et Antoine de débauchés, Caton d'opiniâtres ! Tous ces grands originaux ont produit un nombre infini de mauvaises copies. Les vertus sont frontières des vices ; les exemples sont des guides qui nous égarent souvent, et nous sommes si remplis de fausseté que nous ne nous en servons pas moins pour nous éloigner du chemin de la vertu que pour le suivre.

Plus on parle de sa jalousie, et plus les endroits qui ont déplu paraissent de différents côtés ; les moindres circonstances les changent, et font toujours découvrir quelque chose de nouveau. Ces nouveautés font revoir, sous d'autres apparences, ce qu'on croyait avoir assez vu et assez pesé ; on cherche à s'attacher à une opinion, et on ne s'attache à rien ; tout ce qui est de plus opposé et de plus effacé se présente en même temps ; on veut haïr et on veut aimer, mais on aime encore quand on hait, et on hait encore quand on aime. On croit tout, et on doute de tout ; on a de la honte et du dépit d'avoir cru et d'avoir douté ; on se travaille incessamment pour arrêter son opinion, et on ne la conduit jamais à un lieu fixe.

Les poètes devraient comparer cette opinion à la peine de Sisyphe, puisqu'on roule aussi inutilement que lui un rocher par un chemin pénible et périlleux ; on voit le sommet de la montagne, on s'efforce d'y arriver ; on l'espère quelquefois, mais on n'y arrive jamais. On n'est pas assez heureux pour oser croire ce que l'on souhaite, ni même assez heureux aussi pour être assuré de ce qu'on craint le plus ; on est assujetti à une incertitude éternelle, qui nous présente successivement des biens et des maux qui nous échappent toujours.

L'amour est une image de notre vie : l'un et l'autre sont sujets aux mêmes révolutions et aux mêmes changements. Leur jeunesse est pleine de joie et d'espérance : on se trouve heureux d'être jeune, comme on se trouve heureux d'aimer. Cet état si agréable nous conduit à désirer d'autres biens, et on en veut de plus solides : on ne se contente pas de subsister, on veut faire des progrès, on est occupé des moyens de s'avancer et d'assurer sa fortune ; on cherche la protection des ministres, on se rend utile à leurs intérêts ; on ne peut souffrir que quelqu'un prétende ce que nous prétendons. Cette émulation est traversée de mille soins et de mille peines, qui s'effacent par le plaisir de se voir établi : toutes les passions sont alors satisfaites, et on ne prévoit pas qu'on puisse cesser d'être heureux.

Cette félicité néanmoins est rarement de longue durée, et elle ne peut conserver longtemps la grâce de la nouveauté ; pour avoir ce que nous avons souhaité, nous ne laissons pas de souhaiter encore. Nous nous accoutumons à tout ce qui est à nous ; les mêmes biens ne conservent pas leur même prix, et ils ne touchent pas toujours également notre goût ; nous changeons imperceptiblement, sans remarquer notre changement ; ce que nous avons obtenu devient une partie de nous-mêmes ; nous serions cruellement touchés de le perdre, mais nous ne sommes plus sensibles au plaisir de le conserver ; la joie n'est plus vive ; on en cherche ailleurs que dans ce qu'on a tant désiré. Cette inconstance involontaire est un effet du temps, qui prend, malgré nous, sur l'amour, comme sur notre vie ; il en efface insensiblement chaque jour un certain air de jeunesse et de gaieté, et en détruit les plus véritables charmes ; on prend des manières plus sérieuses, on joint des affaires à la passion ; l'amour ne subsiste plus par lui-même, et il emprunte des secours étrangers. Cet état de l'amour représente le penchant de l'âge, où on commence à voir par où on doit finir ; mais on n'a pas la force de finir volontairement, et dans le déclin de l'amour comme dans le déclin de la vie, personne ne se peut résoudre de prévenir les dégoûts qui restent à éprouver ; on vit encore pour les maux, mais on ne vit plus pour les plaisirs. La jalousie, la méfiance, la crainte de lasser, la crainte d'être quitté, sont des peines attachées à la vieillesse de l'amour, comme les maladies sont attachées à la trop longue durée de la vie : on ne sent plus qu'on est vivant que parce qu'on sent qu'on est malade, et on ne sent aussi qu'on est amoureux que par sentir toutes les peines de l'amour. On ne sort de l'assoupissement des trop longs attachements que par le dépit et le chagrin de se voir toujours attaché ; enfin, de toutes les décrépitudes, celle de l'amour est la plus insupportable.

Il y a des personnes qui ont plus d'esprit que
de goût, et d'autres qui ont plus de goût que
d'esprit ; mais il y a plus de variété et de caprice dans le goût que dans l'esprit.

Ce terme de *goût* a diverses significations, et
il est aisé de s'y méprendre : il y a différence
entre le goût qui nous porte vers les choses et
le goût qui nous en fait connaître et discerner
les qualités, en s'attachant aux règles. On peut
aimer la comédie sans avoir le goût assez fin et
assez délicat pour en bien juger, et on peut
avoir le goût assez bon pour bien juger de la
comédie sans l'aimer. Il y a des goûts qui nous
approchent imperceptiblement de ce qui se
montre à nous ; d'autres nous entraînent par
leur force ou par leur durée.

Il y a des gens qui ont le goût faux en tout ;
d'autres ne l'ont faux qu'en de certaines choses,
et ils l'ont droit et juste dans ce qui est de leur
portée. D'autres ont des goûts particuliers, qu'ils
connaissent mauvais, et ne laissent pas de les
suivre. Il y en a qui ont le goût incertain ; le
hasard en décide : ils changent par légèreté, et
sont touchés de plaisir ou d'ennui, sur la parole
de leurs amis. D'autres sont toujours prévenus ;
ils sont esclaves de tous leurs goûts, et les respectent en toutes choses. Il y en a qui sont sensibles à ce qui est bon, et choqués de ce qui ne

l'est pas ; leurs vues sont nettes et justes, et ils trouvent la raison de leur goût dans leur esprit et dans leur discernement.

Il y en a qui, par une sorte d'instinct, dont ils ignorent la cause, décident de ce qui se présente à eux, et prennent toujours le bon parti. Ceux-ci font paraître plus de goût que d'esprit, parce que leur amour-propre et leur humeur ne prévalent point sur leurs lumières naturelles ; tout agit de concert en eux, tout y est sur un même ton. Cet accord les fait juger sainement des objets, et leur en forme une idée véritable ; mais, à parler généralement, il y a peu de gens qui aient le goût fixe et indépendant de celui des autres : ils suivent l'exemple et la coutume, et ils en empruntent presque tout ce qu'ils ont de goût.

Dans toutes ces différences de goûts que l'on vient de marquer, il est très rare, et presque impossible, de rencontrer cette sorte de bon goût qui sait donner le prix à chaque chose, qui en connaît toute la valeur, et qui se porte généralement sur tout : nos connaissances sont trop bornées, et cette juste disposition des qualités qui font bien juger ne se maintient d'ordinaire que sur ce qui ne nous regarde pas directement. Quand il s'agit de nous, notre goût n'a plus cette justesse si nécessaire ; la préoccupation le trouble ; tout ce qui a du rapport à nous paraît sous une autre figure ; personne ne voit des mêmes yeux ce qui le touche et ce qui ne le touche pas ; notre goût est conduit alors par la pente de l'amour-propre et de l'humeur, qui nous fournissent des vues nouvelles, et nous assujettissent à un nombre infini de changements et d'incertitudes ; notre goût n'est plus à nous, nous n'en disposons plus : il change sans notre consentement, et les mêmes objets nous paraissent par tant de côtés différents que nous méconnaissons enfin ce que nous avons vu et ce que nous avons senti.

Il y a autant de diverses espèces d'hommes qu'il y a de diverses espèces d'animaux, et les hommes sont, à l'égard des autres hommes, ce que les différentes espèces d'animaux sont entre elles et à l'égard les unes des autres. Combien y a-t-il d'hommes qui vivent du sang et de la vie des innocents : les uns comme des tigres, toujours farouches et toujours cruels ; d'autres comme des lions, en gardant quelque apparence de générosité ; d'autres comme des ours, grossiers et avides ; d'autres comme des loups, ravissants et impitoyables ; d'autres comme des renards, qui vivent d'industrie, et dont le métier est de tromper !

Combien y a-t-il d'hommes qui ont du rapport aux chiens ! Ils détruisent leur espèce ; ils chassent pour le plaisir de celui qui les nourrit ; les uns suivent toujours leur maître, les autres gardent sa maison. Il y a des lévriers d'attache, qui vivent de leur valeur, qui se destinent à la guerre, et qui ont de la noblesse dans leur courage ; il y a des dogues acharnés, qui n'ont de qualités que la fureur ; il y a des chiens, plus ou moins inutiles, qui aboient souvent, et qui mordent quelquefois ; il y a même des chiens de jardinier. Il y a des singes et des guenons, qui plaisent par leurs manières, qui ont de l'esprit, et qui font toujours du mal ; il y a des paons, qui n'ont que de la beauté, qui déplaisent par leur chant, et qui détruisent les lieux qu'ils habitent.

Il y a des oiseaux qui ne sont recommandables que par leur ramage et par leurs couleurs. Combien de perroquets, qui parlent sans cesse, et qui n'entendent jamais ce qu'ils disent ; combien de pies et de corneilles, qui ne s'apprivoisent que pour dérober ; combien d'oiseaux de proie, qui ne vivent que de rapines ; combien d'espèces d'animaux paisibles et tranquilles, qui ne servent qu'à nourrir d'autres animaux !

Il y a des chats, toujours au guet, malicieux et infidèles, et qui font patte de velours ; il y a des vipères, dont la langue est venimeuse, et dont le reste est utile ; il y a des araignées, des mouches, des punaises et des puces, qui sont toujours incommodes et insupportables ; il y a des crapauds, qui font horreur, et qui n'ont que du venin ; il y a des hiboux, qui craignent la lumière. Combien d'animaux qui vivent sous terre pour se conserver ! Combien de chevaux qu'on emploie à tant d'usages, et qu'on abandonne quand ils ne servent plus ! Combien de bœufs, qui travaillent toute leur vie pour enrichir celui qui leur impose le joug ; de cigales, qui passent leur vie à chanter ; de lièvres, qui ont peur de tout ; de lapins, qui s'épouvantent et se rassurent en un moment ; de pourceaux, qui vivent dans la crapule et dans l'ordure ; de canards privés, qui trahissent leurs semblables et les attirent dans les filets ; de corbeaux et de vautours, qui ne vivent que de pourriture et de corps morts ! Combien d'oiseaux passagers, qui vont si souvent d'un monde à l'autre, et qui s'exposent à tant de périls pour chercher à vivre ! Combien d'hirondelles, qui suivent toujours le beau temps ; de hannetons, inconsidérés et sans dessein ; de papillons, qui cherchent le feu qui les brûle ! Combien d'abeilles, qui respectent leur chef, et qui se maintiennent avec tant de règles et d'industrie ! Combien de frelons, vagabonds et fainéants, qui cherchent à s'établir aux dépens des abeilles ! Combien de fourmis, dont la prévoyance et l'économie soulagent tous leurs besoins ! Combien de crocodiles, qui feignent de se plaindre pour dévorer ceux qui sont touchés de leurs plaintes ! Et combien d'animaux qui sont assujettis parce qu'ils ignorent leur force !

Toutes ces qualités se trouvent dans l'homme, et il exerce à l'égard des autres hommes tout ce que les animaux dont on vient de parler exercent entre eux.

Si on examine la nature des maladies, on trouvera qu'elles tirent leur origine des passions et des peines de l'esprit. L'âge d'or, qui en était exempt, était exempt de maladies ; l'âge d'argent, qui le suivit, conserva encore sa pureté ; l'âge d'airain donna la naissance aux passions et aux peines de l'esprit : elles commencèrent à se former, et elles avaient encore la faiblesse de l'enfance et sa légèreté. Mais elles parurent avec toute leur force et toute leur malignité dans l'âge de fer, et répandirent dans le monde, par la suite de leur corruption, les diverses maladies qui ont affligé les hommes depuis tant de siècles. L'ambition a produit les fièvres aiguës et frénétiques ; l'envie a produit la jaunisse et l'insomnie ; c'est de la paresse que viennent les léthargies, les paralysies et les langueurs ; la colère a fait les étouffements, les ébullitions de sang et les inflammations de poitrine ; la peur a fait les battements de cœur et les syncopes ; la vanité a fait les folies ; l'avarice, la teigne et la gale ; la tristesse a fait le scorbut ; la cruauté, la pierre ; la calomnie et les faux rapports ont répandu la rougeole, la petite vérole et le pourpre ; et on doit à la jalousie la gangrène, la peste et la rage. Les disgrâces imprévues ont fait l'apoplexie ; les procès ont fait la migraine et le transport au cer-

veau ; les dettes ont fait les fièvres étiques ;
l'ennui du mariage a produit la fièvre quarte,
et la lassitude des amants qui n'osent se quitter
a causé les vapeurs. L'amour, lui seul, a fait
plus de maux que tout le reste ensemble, et personne ne doit entreprendre de les exprimer ;
mais, comme il fait aussi les plus grands biens
de la vie, au lieu de médire de lui, on doit se
taire : on doit le craindre et le respecter toujours.

On est faux en différentes manières : il y a
des hommes faux qui veulent toujours paraître
ce qu'ils ne sont pas ; il y en a d'autres, de
meilleure foi, qui sont nés faux, qui se trompent eux-mêmes, et qui ne voient jamais les
choses comme elles sont. Il y en a dont l'esprit
est droit, et le goût faux ; d'autres ont l'esprit
faux, et ont quelque droiture dans le goût ; il
y en a enfin qui n'ont rien de faux dans le goût,
ni dans l'esprit. Ceux-ci sont très rares, puisque, à parler généralement, il n'y a presque personne qui n'ait de la fausseté dans quelque endroit de l'esprit ou du goût.

Ce qui fait cette fausseté si universelle, c'est
que nos qualités sont incertaines et confuses, et
que nos vues le sont aussi : on ne voit point
les choses précisément comme elles sont ; on
les estime plus ou moins qu'elles ne valent, et
on ne les fait point rapporter à nous en la manière qui leur convient, et qui convient à notre
état et à nos qualités. Ce mécompte met un
nombre infini de faussetés dans le goût et dans
l'esprit ; notre amour-propre est flatté de tout
ce qui se présente à nous sous les apparences
du bien ; mais, comme il y a plusieurs sortes
de bien qui touchent notre vanité ou notre tempérament, on les suit souvent par coutume ou
par commodité ; on les suit parce que les autres

les suivent, sans considérer qu'un même sentiment ne doit pas être également embrassé par toutes sortes de personnes, et qu'on s'y doit attacher plus ou moins fortement selon qu'il convient plus ou moins à ceux qui le suivent.

On craint encore plus de se montrer faux par le goût que par l'esprit. Les honnêtes gens doivent approuver sans prévention ce qui mérite d'être approuvé, suivre ce qui mérite d'être suivi, et ne se piquer de rien ; mais il y faut une grande proportion et une grande justesse : il faut savoir discerner ce qui est bon en général et ce qui nous est propre, et suivre alors avec raison la pente naturelle qui nous porte vers les choses qui nous plaisent. Si les hommes ne voulaient exceller que par leurs propres talents, et en suivant leurs devoirs, il n'y aurait rien de faux dans leur goût et dans leur conduite ; ils se montreraient tels qu'ils sont ; ils jugeraient des choses par leurs lumières, et s'y attacheraient par leur raison ; il y aurait de la proportion dans leurs vues et dans leurs sentiments ; leur goût serait vrai, il viendrait d'eux, et non pas des autres, et ils le suivraient par choix, et non pas par coutume ou par hasard.

Si on est faux en approuvant ce qui ne doit pas être approuvé, on ne l'est pas moins, le plus souvent, par l'envie de se faire valoir en des qualités qui sont bonnes de soi, mais qui ne nous conviennent pas : un magistrat est faux quand il se pique d'être brave, bien qu'il puisse être hardi dans de certaines rencontres ; il doit paraître ferme et assuré dans une sédition qu'il a droit d'apaiser, sans craindre d'être faux, et il serait faux et ridicule de se battre en duel. Une femme peut aimer les sciences, mais toutes les sciences ne lui conviennent pas toujours, et l'entêtement de certaines sciences ne lui convient jamais, et est toujours faux.

Il faut que la raison et le bon sens mettent le prix aux choses, et déterminent notre goût à leur donner le rang qu'elles méritent et qu'il nous convient de leur donner ; mais tous les hommes presque se trompent dans ce prix et dans ce rang, et il y a toujours de la fausseté dans ce mécompte.

Les plus grands rois sont ceux qui s'y méprennent le plus souvent : ils veulent surpasser les autres hommes en valeur, en savoir, en galanterie, et dans mille autres qualités où tout le monde a droit de prétendre ; mais ce goût d'y surpasser les autres peut être faux en eux quand il va trop loin. Leur émulation doit avoir un autre objet : ils doivent imiter Alexandre, qui ne voulait disputer le prix de la course que contre des rois, et se souvenir que ce n'est que des qualités particulières à la royauté qu'ils doivent disputer. Quelque vaillant que puisse être un roi, quelque savant et agréable qu'il puisse être, il trouvera un nombre infini de gens qui auront ces mêmes qualités aussi avantageusement que lui, et le désir de les surpasser paraîtra toujours faux, et souvent même il lui sera impossible d'y réussir ; mais, s'il s'attache à ses devoirs véritables, s'il est magnanime, s'il est grand capitaine et grand politique, s'il est juste, clément et libéral, s'il soulage ses sujets, s'il aime la gloire et le repos de son Etat, il ne trouvera que des rois à vaincre dans une si noble carrière ; il n'y aura rien que de vrai et de grand dans un si juste dessein, et le désir d'y surpasser les autres n'aura rien de faux. Cette émulation est digne d'un roi, et c'est la véritable gloire où il doit prétendre.

DES MODÈLES DE LA NATURE ET DE
LA FORTUNE

Il semble que la fortune, toute changeante
et capricieuse qu'elle est, renonce à ses changements et à ses caprices pour agir de concert avec la nature, et que l'une et l'autre
concourent de temps en temps à faire des
hommes extraordinaires et singuliers, pour
servir de modèles à la postérité. Le soin de
la nature est de fournir les qualités ; celui
de la fortune est de les mettre en œuvre, et
de les faire voir dans le jour et avec les
proportions qui conviennent à leur dessein :
on dirait alors qu'elles imitent les règles des
grands peintres, pour nous donner des ta-
bleaux parfaits de ce qu'elles veulent représenter. Elles choisissent un sujet, et s'atta-
chent au plan qu'elles se sont proposé ; elles
disposent de la naissance, de l'éducation,
des qualités naturelles et acquises, des
temps, des conjonctures, des amis, des ennemis ; elles font remarquer des vertus et
des vices, des actions heureuses et malheureuses ; elles joignent même de petites circonstances aux plus grandes, et les savent
placer avec tant d'art que les actions des hommes et leurs motifs nous paraissent toujours
sous la figure et avec les couleurs qu'il plaît à
la nature et à la fortune d'y donner.

Quel concours de qualités éclatantes n'ont-elles pas assemblé dans la personne d'Alexandre, pour le montrer au monde comme un modèle d'élévation d'âme et de grandeur de courage ! Si on examine sa naissance illustre, son éducation, sa jeunesse, sa beauté, sa complexion heureuse, l'étendue et la capacité de son esprit pour la guerre et pour les sciences, ses vertus, ses défauts même, le petit nombre de ses troupes, la puissance formidable de ses ennemis, la courte durée d'une si belle vie, sa mort et ses successeurs, ne verra-t-on pas l'industrie et l'application de la fortune et de la nature à renfermer dans un même sujet ce nombre infini de diverses circonstances ? Ne verra-t-on pas le soin particulier qu'elles ont pris d'arranger tant d'événements extraordinaires, et de les mettre chacun dans son jour, pour composer un modèle d'un jeune conquérant, plus grand encore par ses qualités personnelles que par l'étendue de ses conquêtes ?

Si on considère de quelle sorte la nature et la fortune nous montrent César, ne verra-t-on pas qu'elles ont suivi un autre plan, qu'elles n'ont renfermé dans sa personne tant de valeur, de clémence, de libéralité, tant de qualités militaires, tant de pénétration, tant de facilité d'esprit et de mœurs, tant d'éloquence, tant de grâces du corps, tant de supériorité de génie pour la paix et pour la guerre ; ne verra-t-on pas, dis-je,

qu'elles ne se sont assujetties si longtemps
à arranger et à mettre en œuvre tant de talents extraordinaires, et qu'elles n'ont contraint César de s'en servir contre sa patrie,
que pour nous laisser un modèle du plus
grand homme du monde et du plus célèbre
usurpateur ? Elles le font naître particulier
dans une république maîtresse de l'univers,
affermie et soutenue par les plus grands
hommes qu'elle eût jamais produits ; la
fortune même choisit parmi eux ce qu'il y
avait de plus illustre, de plus puissant et de
plus redoutable, pour les rendre ses ennemis ; elle le réconcilie, pour un temps, avec
les plus considérables, pour les faire servir
à son élévation ; elle les éblouit et les
aveugle ensuite, pour lui faire une guerre
qui le conduit à la souveraine puissance.
Combien d'obstacles ne lui a-t-elle pas fait
surmonter ! De combien de périls, sur terre
et sur mer, ne l'a-t-elle pas garanti sans jamais avoir été blessé ! Avec quelle persévérance la fortune n'a-t-elle pas soutenu les
desseins de César, et détruit ceux de Pom-
pée ! Par quelle industrie n'a-t-elle pas disposé de ce peuple romain, si puissant, si fier
et si jaloux de sa liberté, à la soumettre à la
puissance d'un seul homme ! Ne s'est-elle
pas même servie des circonstances de la
mort de César pour la rendre convenable à
sa vie ? Tant d'avertissements des devins,

tant de prodiges, tant d'avis de sa femme et
de ses amis, ne peuvent le garantir, et la
fortune choisit le propre jour qu'il doit être
couronné dans le Sénat pour le faire assas-
siner par ceux mêmes qu'il a sauvés, et par
un homme qui lui doit la naissance.

Cet accord de la nature et de la fortune
n'a jamais été plus marqué que dans la personne de Caton, et il semble qu'elles se
soient efforcées l'une et l'autre de renfermer
dans un seul homme non seulement les vertus de l'ancienne Rome, mais encore de
l'opposer directement aux vertus de César,
pour montrer qu'avec une pareille étendue
d'esprit et de courage, le désir de gloire
conduit l'un à être usurpateur, et l'autre à
servir de modèle d'un parfait citoyen. Mon
dessein n'est pas de faire ici le parallèle de
ces deux grands hommes, après tout ce qui
en est écrit ; je dirai seulement que, quelques grands et illustres qu'ils nous paraissent, la nature et la fortune n'auraient pu
mettre toutes leurs qualités dans le jour qui
convenait pour les faire éclater, si elles
n'eussent opposé Caton à César. Il fallait
les faire naître en même temps, dans une
même république, différents par leurs mœurs
et par leurs talents, ennemis par les intérêts de
la patrie et par des intérêts domestiques : l'un
vaste dans ses desseins et sans bornes dans son
ambition ; l'autre austère, renfermé dans les

lois de Rome, et idolâtre de la liberté ; tous deux célèbres par des vertus qui les montraient par de si différents côtés, et plus célèbres encore, si l'on ose dire, par l'opposition que la fortune et la nature ont pris soin de mettre entre eux. Quel arrangement, quelle suite, quelle économie de circonstances dans la vie de Caton et dans sa mort ! La destinée même de la République a servi au tableau que la fortune nous a voulu donner de ce grand homme, et elle finit sa vie avec la liberté de son pays.

Si nous laissons les exemples des siècles passés pour venir aux exemples du siècle présent, on trouvera que la nature et la fortune ont conservé cette même union dont j'ai parlé, pour nous montrer de différents modèles en deux hommes consommés en l'art de commander. Nous verrons M. le Prince et M. de Turenne disputer de la gloire des armes, et mériter, par un nombre infini d'actions éclatantes, la réputation qu'ils ont acquise. Ils paraîtront avec une valeur et une expérience égales ; infatigables de corps et d'esprit, on les verra agir ensemble, agir séparément, et quelquefois opposés l'un à l'autre ; nous les verrons, heureux et malheureux dans diverses occasions de la guerre, devoir les bons succès à leur conduite et à leur courage, et se montrer toujours plus grands même par leurs disgrâces ; tous deux sauver l'Etat ; tous deux contribuer à le détruire, et se servir des mêmes talents par des voies différentes : M. de Turenne suivant ses desseins avec plus de règle et moins de vivacité, d'une valeur plus retenue, et toujours proportionnée au besoin de la faire paraître ; Monsieur le Prince inimitable en la manière de voir et d'exécuter les plus grandes choses, entraîné par la supériorité de son génie, qui semble lui soumettre les événements et les faire servir à sa gloire. La faiblesse des armées qu'ils ont commandées dans les dernières campagnes et la puissance des ennemis qui leur étaient opposés ont donné de nouveaux sujets à l'un et à l'autre de montrer toute leur vertu, et de réparer par leur mérite tout ce qui leur manquait pour soutenir la guerre. La mort même de M. de Turenne, si convenable à une si belle vie, accompagnée de tant de circonstances singulières, et arrivée dans un moment si important, ne nous paraît-elle pas comme un effet de la crainte et de l'incertitude de la Fortune, qui n'a osé décider de la destinée de la France et de l'Empire ? Cette même Fortune, qui retire Monsieur le Prince du commandement des armées sous le prétexte de sa santé, et dans un temps où il devait achever de si grandes choses, ne se joint-elle pas à la nature pour nous montrer présentement ce grand homme dans une vie privée, exerçant des vertus paisibles, et soutenu de sa propre gloire ? Brille-t-il moins dans sa retraite qu'au milieu de ses victoires ?

S'il est malaisé de rendre raison des goûts
en général, il le doit être encore davantage
de rendre raison du goût des femmes coquettes : on peut dire néanmoins que l'envie de plaire se répand généralement sur
tout ce qui peut flatter leur vanité, et
qu'elles ne trouvent rien d'indigne de leurs
conquêtes ; mais le plus incompréhensible
de tous leurs goûts est, à mon sens, celui
qu'elles ont pour les vieillards qui ont été
galants. Ce goût paraît trop bizarre, et il y
en a trop d'exemples pour ne chercher pas
la cause d'un sentiment tout à la fois si commun et si contraire à l'opinion que l'on a
des femmes. Je laisse aux philosophes à décider si c'est un soin charitable de la nature,
qui veut consoler les vieillards dans leurs
misères, et qui leur fournit le secours des
coquettes, par la même prévoyance qui lui
fait donner des ailes aux chenilles, dans le
déclin de leur vie, pour les rendre papillons ;
mais, sans pénétrer dans les secrets de la
physique, on peut, ce me semble, chercher
des causes plus sensibles de ce goût dépravé
des coquettes pour les vieilles gens. Ce qui
est plus apparent, c'est qu'elles aiment les
prodiges, et qu'il n'y en a point qui doive
plus toucher leur vanité que de ressusciter

un mort. Elles ont le plaisir de l'attacher à
leur char et d'en parer leur triomphe, sans
que leur réputation en soit blessée : au contraire, un vieillard est un ornement à la suite
d'une coquette, et il est aussi nécessaire
dans son train que les nains l'étaient autre-
fois dans *Amadis*. Elles n'ont point d'esclaves si commodes et si utiles ; elles paraissent bonnes et solides, en conservant un
ami sans conséquence ; il publie leurs louanges, il gagne créance vers les maris, et leur
répond de la conduite de leurs femmes. S'il
a du crédit, elles en retirent mille secours ;
il entre dans tous les intérêts et dans tous
les besoins de la maison. S'il sait les bruits
qui courent des véritables galanteries, il n'a
garde de les croire ; il les étouffe, et assure
que le monde est médisant ; il juge, par sa
propre expérience, des difficultés qu'il y a
de toucher le cœur d'une si bonne femme ;
plus on lui fait acheter des grâces et des faveurs, plus il est discret et fidèle ; son propre
intérêt l'engage assez au silence : il craint
toujours d'être quitté, et il se trouve trop
heureux d'être souffert. Il se persuade aisément qu'il est aimé, puisqu'on le choisit
contre tant d'apparence : il croit que c'est
un privilège de son vieux mérite, et remer-
cie l'amour de se souvenir de lui dans tous
les temps.

Elle, de son côté, ne voudrait pas manquer
à ce qu'elle lui a promis : elle lui fait remar-

quer qu'il a toujours touché son inclination, et qu'elle n'aurait jamais aimé si elle ne l'avait jamais connu ; elle le prie surtout de n'être pas jaloux et de se fier en elle ; elle lui avoue qu'elle aime un peu le monde et le commerce des honnêtes gens, qu'elle a même intérêt d'en ménager plusieurs à la fois, pour ne laisser pas voir qu'elle le traite différemment des autres ; que, si elle fait quelques railleries de lui avec ceux dont on s'est avisé de parler, c'est seulement pour avoir le plaisir de le nommer souvent, ou pour mieux cacher ses sentiments ; qu'après tout, il est le maître de sa conduite, et que, pourvu qu'il en soit content, et qu'il l'aime toujours, elle se met aisément en repos du reste. Quel vieillard ne se rassure pas par des raisons si convaincantes, qui l'ont souvent trompé quand il était jeune et aimable ? Mais pour son malheur, il oublie trop aisément qu'il n'est plus ni l'un ni l'autre, et cette faiblesse est, de toutes, la plus ordinaire aux vieilles gens qui ont été aimés. Je ne sais si cette tromperie ne leur vaut pas mieux encore que de connaître la vérité : on les souffre du moins ; on les amuse ; ils sont détournés de la vue de leurs propres misères ; et le ridicule où ils tombent est souvent un moindre mal pour eux que les ennuis et l'anéantissement d'une vie pénible et languissante.

Bien que toutes les qualités de l'esprit se puissent rencontrer dans un grand esprit, il y en a néanmoins qui lui sont propres et particulières : ses lumières n'ont point de bornes ; il agit toujours également et avec la même activité ; il discerne les objets éloignés comme s'ils étaient présents ; il comprend, il imagine les plus grandes choses ; il voit et connaît les plus petites ; ses pensées sont relevées, étendues, justes et intelligibles ; rien n'échappe à sa pénétration, et elle lui fait toujours découvrir la vérité au travers des obscurités qui la cachent aux autres. Mais toutes ces grandes qualités ne peuvent souvent empêcher que l'esprit ne paraisse petit et faible, quand l'humeur s'en est rendue la maîtresse.

Un bel esprit pense toujours noblement ; il produit avec facilité des choses claires, agréables et naturelles ; il les fait voir dans leur plus beau jour, et il les pare de tous les ornements qui leur conviennent ; il entre dans le goût des autres, et retranche de ses pensées ce qui est inutile ou ce qui peut déplaire. Un esprit adroit, facile, insinuant, sait éviter et surmonter les difficultés ; il se plie aisément à ce qu'il veut ; il sait connaître et suivre l'esprit et l'humeur de ceux avec qui il traite ; et, en ménageant leurs intérêts, il avance et il établit les siens. Un bon esprit voit toutes choses comme elles doivent être vues ; il leur donne le prix qu'elles méritent ; il les sait tourner du côté qui lui est le plus avantageux, et il s'attache avec fermeté à ses pensées, parce qu'il en connaît toute la force et toute la raison.

Il y a de la différence entre un esprit utile et un esprit d'affaires; on peut entendre les affaires sans s'appliquer à son intérêt particulier : il y a des gens habiles dans tout ce qui ne les regarde pas, et très malhabiles dans ce qui les regarde ; et il y en a d'autres, au contraire, qui ont une habileté bornée à ce qui les touche, et qui savent trouver leur avantage en toutes choses.

On peut avoir tout ensemble un air sérieux dans l'esprit et dire souvent des choses agréables et enjouées ; cette sorte d'esprit convient à toutes personnes et à tous les âges de la vie. Les jeunes gens ont d'ordinaire l'esprit enjoué et moqueur, sans l'avoir sérieux, et c'est ce qui les rend souvent incommodes. Rien n'est plus malaisé à soutenir que le dessein d'être toujours plaisant, et les applaudissements qu'on reçoit quelquefois en divertissant les autres ne valent pas que l'on s'expose à la honte de les ennuyer souvent, quand ils sont de méchante humeur. La moquerie est une des plus agréables et des plus dangereuses qualités de l'esprit ; elle plaît toujours quand elle est délicate ; mais on craint toujours aussi ceux qui s'en servent trop souvent. La moquerie peut néanmoins être permise quand elle n'est mêlée d'aucune malignité, et quand on y fait entrer les personnes mêmes dont on parle.

Il est malaisé d'avoir un esprit de raillerie sans affecter d'être plaisant, ou sans aimer à se moquer ; il faut une grande justesse pour railler longtemps sans tomber dans l'une ou l'autre de ces extrémités. La raillerie est un air de gaieté qui remplit l'imagination, et qui lui fait voir en ridicule les objets qui se présentent ; l'humeur y mêle plus ou moins de douceur ou d'âpreté : il y a une manière de railler délicate et flatteuse, qui touche seulement les défauts que les personnes dont on parle veulent bien avouer, qui sait déguiser les louanges qu'on leur donne sous des apparences de blâme, et qui découvre ce qu'elles ont d'aimable, en feignant de le vouloir cacher.

Un esprit fin et un esprit de finesse sont très différents. Le premier plaît toujours ; il est délié, il pense des choses délicates et voit les plus imperceptibles. Un esprit de finesse ne va jamais droit ; il cherche des biais et des détours pour faire réussir ses desseins : cette conduite est bientôt découverte ; elle se fait toujours craindre, et ne mène presque jamais aux grandes choses.

Il y a quelque différence entre un esprit

de feu et un esprit brillant : un esprit de feu va plus loin et avec plus de rapidite ; un esprit brillant a de la vivacité, de l'agrément et de la justesse.

La douceur de l'esprit, c'est un air facile et accommodant, qui plaît toujours, quand il n'est point fade.

Un esprit de détail s'applique avec de l'ordre et de la règle à toutes les particularités des sujets qu'on lui présente : cette application le renferme d'ordinaire à de petites choses ; elle n'est pas néanmoins toujours incompatible avec de grandes vues ; et, quand ces deux qualités se trouvent ensemble dans un même esprit, elles l'élèvent infiniment au-dessus des autres.

On a abusé du terme de *bel esprit,* et, bien que tout ce qu'on vient de dire des différentes qualités de l'esprit puisse convenir à un bel esprit, néanmoins, comme ce titre a été donné à un nombre infini de mauvais poètes et d'auteurs ennuyeux, on s'en sert plus souvent pour tourner les gens en ridicule que pour les louer.

Bien qu'il y ait plusieurs épithètes pour l'esprit qui paraissent une même chose, le ton et la manière de les prononcer y mettent de la différence ; mais, comme les tons et les manières de dire ne se peuvent écrire, je n'entrerai point dans un détail qu'il serait impossible de bien expliquer. L'usage ordinaire le fait assez entendre ; et, en disant qu'un homme a *de l'esprit*, qu'il a *bien de l'esprit*, qu'il a *beaucoup d'esprit*, et qu'il a *bon esprit*, il n'y a que les tons et les manières qui puissent mettre de la différence entre ces expressions, qui paraissent semblables sur le papier, et qui expriment néanmoins de très différentes sortes d'esprit.

On dit encore qu'un homme n'a que d'*une sorte* d'esprit, qu'il a de *plusieurs sortes* d'esprit, et qu'il a de *toutes sortes* d'esprit. On peut être sot avec beaucoup d'esprit, et on peut n'être pas sot avec peu d'esprit.

Avoir beaucoup d'esprit est un terme équivoque : il peut comprendre toutes les sortes d'esprit dont on vient de parler, mais il peut aussi n'en marquer aucune distinctement. On peut quelquefois faire paraître de l'esprit dans ce qu'on dit, sans en avoir dans sa conduite ; on peut avoir de l'esprit, et l'avoir borné ; un esprit peut être propre à de certaines choses, et ne l'être pas à d'autres ; on peut avoir beaucoup d'esprit on est souvent fort incommode. Il semble néanmoins que le plus grand mérite de cette sorte d'esprit est de plaire quelquefois dans la conversation.

Bien que les productions d'esprit soient infinies, on peut, ce me semble, les distinguer de cette sorte : il y a des choses si belles que tout le monde est capable d'en voir et d'en sentir la beauté ; il y en a qui ont de la beauté et qui ennuient ; il y en a qui sont belles, que tout le monde sent et admire, bien que tous n'en sachent pas la raison ; il y en a qui sont si fines et si délicates que peu de gens sont capables d'en remarquer toutes les beautés ; enfin il y en a d'autres qui ne sont pas parfaites, mais qui sont dites avec tant d'art, et qui sont soutenues et conduites avec tant de raison et tant de grâce qu'elles méritent d'être admirées.

L'histoire, qui nous apprend ce qui arrive dans le monde, nous montre également les grands événements et les médiocres : cette confusion d'objets nous empêche souvent de discerner avec assez d'attention les choses extraordinaires qui sont renfermées dans le cours de chaque siècle. Celui où nous vivons en a produit, à mon sens, de plus singuliers que les précédents : j'ai voulu en écrire quelques-uns pour les rendre plus remarquables aux personnes qui voudront y faire réflexion.

Marie de Médicis, reine de France, femme de Henri le Grand, fut mère du roi Louis XIII, de Gaston, fils de France, de la reine d'Espagne, de la duchesse de Savoie et de la reine d'Angleterre ; elle fut régente en France, et gouverna le Roi, son fils, et son royaume pendant plusieurs années. Elle éleva Armand de Richelieu à la dignité de cardinal ; elle le fit premier ministre, maître de l'État et de l'esprit du Roi. Elle avait peu de vertus et peu de défauts qui la dussent faire craindre, et néanmoins, après tant d'éclat et de grandeurs, cette princesse, veuve de Henri IV et mère de tant de rois, a été arrêtée prisonnière par le Roi, son fils, et par la troupe du cardinal de Richelieu, qui lui devait sa fortune. Elle a été délaissée des autres rois, ses enfants, qui n'ont osé même la recevoir dans leurs Etats, et elle est morte de misère, et presque de faim, à Cologne, après une persécution de dix années.

Ange de Joyeuse, duc et pair, maréchal de France et amiral, jeune, riche, galant et heureux, abandonna tant d'avantages pour se faire capucin. Après quelques années, les besoins de l'Etat le rappelèrent au monde ; le Pape le dispensa de ses vœux, et lui ordonna d'accepter le commandement des armées du Roi contre les huguenots ; il demeura quatre ans dans cet emploi, et se laissa entraîner, pendant ce temps, aux mêmes passions qui l'avaient agité pendant sa jeunesse. La guerre étant finie, il renonça une seconde fois au monde, et reprit l'habit de capucin ; il vécut longtemps dans une vie sainte et religieuse ; mais la vanité, dont il avait triomphé dans le milieu des grandeurs, triompha de lui dans le cloître ; il fut élu gardien du couvent de Paris, et, son élection étant contestée par quelques religieux, il s'exposa non seulement à aller à Rome, dans un âge avancé, à pied, et malgré les autres incommodités d'un si pénible voyage ; mais, la même opposition des religieux s'étant renouvelée à son retour, il partit une seconde fois pour retourner à Rome soutenir un intérêt si peu digne de lui, et il mourut en chemin de fatigue, de chagrin et de vieillesse.

Trois hommes de qualité, Portugais, suivis de dix-sept de leurs amis, entreprirent la révolte de Portugal et des Indes qui en dépendent, sans concert avec les peuples ni avec les étrangers, et sans intelligence dans les places. Ce petit nombre de conjurés se rendit maître du palais de Lisbonne, en chassa la douairière de Mantoue, régente pour le roi d'Espagne, et fit soulever tout le royaume ; il ne périt dans ce désordre que Vasconcellos, ministre d'Espagne, et deux de ses domestiques. Un si grand changement se fit en faveur du duc de Bragance et sans sa participation ; il fut déclaré roi contre sa propre volonté, et se trouva le seul homme du Portugal qui résistât à son élection ; il a possédé ensuite cette couronne pendant quatorze années, n'ayant ni élévation ni mérite ; il est mort dans son lit, et a laissé son royaume paisible à ses enfants.

Le cardinal de Richelieu a été maître absolu du royaume de France pendant le règne d'un roi qui lui laissait le gouvernement de son Etat, lorsqu'il n'osait lui confier sa propre personne ; le cardinal avait aussi les mêmes défiances du Roi, et il évitait d'aller chez lui, craignant d'exposer sa vie ou sa liberté ; le Roi néanmoins sacrifie Cinq-Mars, son favori, à la vengeance du cardinal, et consent qu'il périsse sur un échafaud. Ensuite le cardinal meurt dans son lit ; il dispose par son testament des charges et des dignités de l'Etat,

et oblige le Roi, dans le plus fort de ses soup-
çons et de sa haine, à suivre aussi aveuglé-
ment ses volontés après sa mort qu'il avait
fait pendant sa vie.

Alphonse, roi de Portugal, fils du duc de
Bragance dont je viens de parler, s'est ma-
rié, en France, à la fille du duc de Nemours,
jeune, sans biens et sans protection. Peu de
temps après, cette princesse a formé le dessein de quitter le roi son mari ; elle l'a fait
arrêter dans Lisbonne, et les mêmes troupes
qui, un jour auparavant, le gardaient comme
leur roi, l'ont gardé le lendemain comme pri-
sonnier ; il a été confiné dans une île de ses
propres Etats, et on lui a laissé la vie et le
titre de roi. Le prince de Portugal, son frère,
a épousé la reine ; elle conserve sa dignité,
et elle a revêtu le prince son mari de toute
l'autorité du gouvernement, sans lui donner
le nom de roi ; elle jouit tranquillement du
succès d'une entreprise si extraordinaire, en
paix avec les Espagnols et sans guerre civile
dans le royaume.

Un vendeur d'herbes, nommé Masaniel, fit
soulever le menu peuple de Naples, et, malgré la puissance des Espagnols, il usurpa
l'autorité royale ; il disposa souverainement
de la vie, de la liberté et des biens de tout
ce qui lui fut suspect ; il se rendit maître des
douanes ; il dépouilla les partisans de tout
leur argent et de leurs meubles, et fit brûler
publiquement toutes ces richesses immenses

dans le milieu de la ville, sans qu'un seul de
cette foule confuse de révoltés voulût profiter
d'un bien qu'on croyait mal acquis. Ce prodige ne dura que quinze jours, et finit par
un autre prodige : ce même Masaniel, qui
achevait de si grandes choses avec tant de
bonheur, de gloire et de conduite, perdit su-
bitement l'esprit, et mourut frénétique en
vingt-quatre heures.

La reine de Suède, en paix dans ses Etats
et avec ses voisins, aimée de ses sujets, res-
pectée des étrangers, jeune et sans dévotion,
a quitté volontairement son royaume et s'est
réduite à une vie privée. Le roi de Pologne,
de la même maison que la reine de Suède,
s'est démis aussi de la royauté par la seule
lassitude d'être roi.

Un lieutenant d'infanterie, sans nom et
sans crédit, a commencé, à l'âge de quarante-
cinq ans, de se faire connaître dans les désordres d'Angleterre. Il a dépossédé son roi légi-
time, bon, juste, doux, vaillant et libéral ;
il lui a fait trancher la tête par un arrêt de
son parlement ; il a changé la royauté en
république ; il a été dix ans maître de l'Angleterre, plus craint de ses voisins et plus
absolu dans son pays que tous les rois qui
ont régné. Il est mort paisible et en pleine
possession de toute la puissance du royaume.

Les Hollandais ont secoué le joug de la do-
mination d'Espagne ; ils ont formé une puis-
sante république, et ils ont soutenu cent ans

la guerre contre leurs rois légitimes pour conserver leur liberté. Ils doivent tant de grandes choses à la conduite et à la valeur des princes d'Orange, dont ils ont néanmoins toujours redouté l'ambition et limité le pouvoir. Présentement cette république, si jalouse de sa puissance, accorde au prince d'Orange d'aujourd'hui, malgré son peu d'expérience et ses malheureux succès dans la guerre, ce qu'elle a refusé à ses pères : elle ne se contente pas de relever sa fortune abattue ; elle le met en état de se faire souverain de Hollande, et elle a souffert qu'il ait fait déchirer par le peuple un homme qui maintenait seul la liberté publique.

Cette puissance d'Espagne, si étendue et si formidable à tous les rois du monde, trouve aujourd'hui son principal appui dans ses sujets rebelles, et se soutient par la protection des Hollandais.

Un empereur, jeune, faible, simple, gouverné par des ministres incapables, et pendant le plus grand abaissement de la maison d'Autriche, se trouve, en un moment, chef de tous les princes d'Allemagne, qui craignent son autorité et méprisent sa personne, et il est plus absolu que n'a jamais été Charles-Quint.

Le roi d'Angleterre, faible, paresseux et plongé dans les plaisirs, oubliant les intérêts de son royaume et ses exemples domestiques, s'est exposé avec fermeté, pendant six ans, à la fureur de ses peuples et à la haine de son parlement pour conserver une liaison étroite avec le roi de France ; au lieu d'arrêter les conquêtes de ce prince dans les Pays-Bas, il y a même contribué en lui fournissant des troupes. Cet attachement l'a empêché d'être maître absolu de l'Angleterre, et d'en étendre les frontières en Flandre et en Hollande par des places et des ports qu'il a toujours refusés ; mais, dans le temps même qu'il reçoit des sommes considérables du Roi, et qu'il a le plus de besoin d'en être soutenu contre ses propres sujets, il renonce, sans prétexte, à tant d'engagements, et il se déclare contre la France, précisément quand il lui est utile et honnête d'y être attaché ; par une mauvaise politique précipitée, il perd en un moment le seul avantage qu'il pouvait retirer d'une mauvaise politique de six années, et, ayant pu donner la paix comme médiateur, il est réduit à la demander comme suppliant, quand le Roi l'accorde à l'Espagne, à l'Allemagne et à la Hollande.

Les propositions qui avaient été faites au roi d'Angleterre de marier sa nièce, la princesse d'York, au prince d'Orange, ne lui étaient pas agréables ; le duc d'York en paraissait aussi éloigné que le roi son frère, et le prince d'Orange même, rebuté par les difficultés de ce dessein, ne pensait plus à le faire réussir. Le roi d'Angleterre, étroitement lié au roi de France, consentait à ses conquêtes, lorsque les intérêts du grand trésorier d'Angleterre et la crainte d'être attaqué par le Parlement lui ont fait chercher sa sûreté particulière, en disposant le roi son maître à s'unir avec le prince d'Orange, par le mariage de la princesse d'York, et à faire déclarer l'Angleterre contre la France pour la protection des Pays-Bas. Ce changement du roi d'Angleterre a été si prompt et si secret que le duc d'York l'ignorait encore deux jours devant le mariage de sa fille, et personne ne se pouvait persuader que le roi d'Angleterre, qui avait hasardé dix ans sa vie et sa couronne pour demeurer attaché à la France, pût renoncer, en un moment, à tout ce qu'il en espérait, pour suivre le sentiment de son ministre. Le prince d'Orange, de son côté, qui avait tant d'intérêt de se faire un chemin pour être un jour roi d'Angleterre, négligeait ce mariage, qui le rendait héritier présomptif du royaume ; il bornait ses desseins à affermir son autorité en Hollande, malgré les mauvais succès de ses dernières campagnes, et il s'appliquait à se rendre aussi absolu dans les autres provinces de cet Etat qu'il le croyait être dans la Zélande ; mais il s'aperçut bientôt qu'il devait prendre d'autres mesures, et une aventure ridicule lui fit mieux connaître l'état où il était dans son pays qu'il ne le voyait par ses propres lumières. Un crieur public vendait des meubles à un encan où beaucoup de monde s'assembla ; il mit en vente un atlas, et, voyant que personne ne l'enchérissait, il dit au peuple que ce livre était néanmoins plus rare qu'on ne pensait, et que les cartes en étaient si exactes que la rivière dont M. le prince d'Orange n'avait eu aucune connaissance, lorsqu'il perdit la bataille de Cassel, y était fidèlement marquée. Cette raillerie, qui fut reçue avec un applaudissement universel, a été un des plus puissants motifs qui ont obligé le prince d'Orange à rechercher de nouveau l'alliance de l'Angleterre, pour contenir la Hollande et pour joindre tant de puissances contre nous. Il semble néanmoins que ceux qui ont désiré ce mariage et ceux qui y ont été contraires n'ont pas connu leurs intérêts : le grand trésorier d'Angleterre a voulu adoucir le parlement et se garantir d'en être attaqué, en portant le roi son maître à donner sa nièce au prince d'Orange et à se déclarer contre la France ; le roi d'Angleterre a cru affermir son autorité dans son royaume par l'appui du prince d'Orange, et il a prétendu engager ses peuples à lui fournir de l'argent pour ses plaisirs, sous prétexte de faire la guerre au roi de France et de le contraindre à recevoir la paix ; le prince d'Orange a eu dessein de soumettre la Hollande par la protection de l'Angleterre ; la France a appréhendé qu'un mariage si opposé à ses intérêts n'emportât la balance en joignant l'Angleterre à tous nos ennemis. L'événement a fait voir, en six semaines, la fausseté de tant de raisonnements : ce mariage met une défiance éternelle entre l'Angleterre et la Hollande, et toutes deux le regardent comme un dessein d'opprimer leur liberté ; le parlement d'Angleterre attaque les ministres du roi, pour attaquer ensuite sa propre personne ; les Etats de Hollande, lassés de la guerre et jaloux de leur liberté, se repentent d'avoir mis leur autorité entre les mains d'un jeune homme ambitieux et héritier présomptif de la couronne d'Angleterre ; le roi de France, qui a d'abord regardé ce mariage comme une nouvelle ligue qui se formait contre lui, a su s'en servir pour diviser ses ennemis, et pour se mettre en état de prendre la Flandre, s'il n'avait préféré la gloire de faire la paix à la gloire de faire de nouvelles conquêtes.

Si le siècle présent n'a pas moins produit d'événements extraordinaires que les siècles passés, on conviendra sans doute qu'il a le malheureux avantage de les surpasser dans l'excès des crimes. La France même, qui les a toujours détestés, qui y est opposée par l'humeur de la nation, par la religion, et qui est soutenue par les exemples du prince qui règne, se trouve néanmoins aujourd'hui le théâtre où l'on voit paraître tout ce que l'histoire et la fable nous ont dit des crimes de l'antiquité. Les vices sont de tous les temps ; les hommes sont nés avec de l'intérêt, de la cruauté et de la débauche ; mais, si des personnes que tout le monde connaît avaient paru dans les premiers siècles, parlerait-on présentement des prostitutions d'Héliogabale, de la foi des Grecs, et des poisons et des parricides de Médée ?

Je ne prétends pas justifier ici l'inconstance
en général, et moins encore celle qui vient de
la seule légèreté ; mais il n'est pas juste aussi
de lui imputer tous les autres changements de
l'amour. Il y a une première fleur d'agrément
et de vivacité dans l'amour, qui passe insensiblement comme celle des fruits ; ce n'est la
faute de personne, c'est seulement la faute du
temps. Dans les commencements, la figure est
aimable ; les sentiments ont du rapport : on
cherche de la douceur et du plaisir ; on veut
plaire, parce qu'on nous plaît, et on cherche à
faire voir qu'on sait donner un prix infini à
ce qu'on aime ; mais, dans la suite, on ne sent
plus ce qu'on croyait sentir toujours : le feu n'y
est plus, le mérite de la nouveauté s'efface ; la
beauté, qui a tant de part à l'amour, ou diminue, ou ne fait plus la même impression ; le
nom d'amour se conserve, mais on ne se re-
trouve plus les mêmes personnes, ni les mêmes
sentiments ; on suit encore ses engagements
par honneur, par accoutumance, et pour n'être
pas assez assuré de son propre changement.

Quelles personnes auraient commencé de
s'aimer, si elles s'étaient vues d'abord comme
on se voit dans la suite des années ? Mais
quelles personnes aussi se pourraient séparer,
si elles se revoyaient comme on s'est vu la

première fois ? L'orgueil, qui est presque toujours le maître de nos goûts, et qui ne se rassasie jamais, serait flatté sans cesse par quelque nouveau plaisir ; mais la constance perdrait son mérite, elle n'aurait plus de part à une si agréable liaison ; les faveurs présentes auraient la même grâce que les faveurs premières, et le souvenir n'y mettrait point de différence ; l'inconstance serait même inconnue, et on s'aimerait toujours avec le même plaisir, parce qu'on aurait toujours les mêmes sujets de s'aimer. Les changements qui arrivent dans l'amitié ont à peu près des causes pareilles à ceux qui arrivent dans l'amour ; leurs règles ont beaucoup de rapport : si l'un a plus d'enjouement et de plaisir, l'autre doit être plus égal et plus sévère et ne pardonner rien ; mais le temps, qui change l'humeur et les intérêts, les détruit presque également tous deux. Les hommes sont trop faibles et trop changeants pour soutenir longtemps le poids de l'amitié : l'antiquité en a fourni des exemples ; mais, dans le temps où nous vivons, on peut dire qu'il est encore moins impossible de trouver un véritable amour qu'une véritable amitié.

Je m'engagerais à un trop long discours, si je rapportais ici en particulier toutes les raisons naturelles qui portent les vieilles gens à se retirer du commerce du monde : le changement de leur humeur, de leur figure, et l'affaiblissement des organes, les conduisent insensiblement, comme la plupart des autres animaux, à s'éloigner de la fréquentation de leurs semblables. L'orgueil, qui est inséparable de l'amour-propre, leur tient alors lieu de raison : ils ne peuvent plus être flattés de plusieurs choses qui flattent les autres ; l'expérience leur a fait connaître le prix de tout ce que les hommes désirent dans la jeunesse, et l'impossibilité d'en jouir plus longtemps ; les diverses voies qui paraissent ouvertes aux jeunes gens pour parvenir aux grandeurs, aux plaisirs, à la réputation et à tout ce qui élève les hommes, leur sont fermées, ou par la fortune, ou par leur conduite, ou par l'envie et l'injustice des autres ; le chemin pour y rentrer est trop long et trop pénible, quand on s'est une fois égaré ; les difficultés leur en paraissent insurmontables, et l'âge ne leur permet plus d'y prétendre. Ils deviennent insensibles à l'amitié, non seulement parce qu'ils n'en ont peut-être jamais trouvé de véritable, mais parce qu'ils ont vu mourir un grand nombre de leurs amis qui n'avaient pas encore eu le temps ni les occasions de manquer à l'amitié, et ils se persuadent aisément qu'ils auraient été plus fidèles que ceux qui leur restent. Ils n'ont plus de part aux premiers biens qui ont d'abord rempli leur imagination ; ils n'ont même presque plus de part à la gloire : celle qu'ils ont acquise est déjà flétrie par le temps, et souvent les hommes en perdent plus en vieillissant qu'ils n'en acquièrent. Chaque jour leur ôte une portion d'eux-mêmes ; ils n'ont plus assez de vie pour jouir de ce qu'ils ont, et bien moins encore pour arriver à ce qu'ils désirent ; ils ne voient plus devant eux que des chagrins, des maladies et de l'abaissement ; tout est vu, et rien ne peut avoir pour eux la grâce de la nouveauté ; le temps les éloigne imperceptiblement du point de vue d'où il leur convient de voir les objets, et d'où ils doivent être vus. Les plus heureux sont encore soufferts, les autres sont méprisés ; le seul bon parti qu'il leur reste, c'est de cacher au monde ce qu'ils ne lui ont peut-être que trop montré. Leur goût, détrompé des désirs inutiles, se tourne alors vers des objets muets et insensibles : les bâtiments, l'agriculture, l'économie, l'étude, toutes ces choses sont soumises à leurs volontés ; ils s'en approchent ou s'en éloignent comme il leur plaît ; ils sont maîtres de leurs desseins et de leurs occupations ; tout ce qu'ils désirent est en leur pouvoir, et, s'étant affranchis de la dépendance du monde, ils font tout dépendre d'eux. Les plus sages savent employer à leur salut le temps qu'il leur reste, et, n'ayant qu'une si petite part à cette vie, ils se rendent dignes d'une meilleure. Les autres n'ont au moins qu'eux-mêmes pour témoins de leur misère ; leurs propres infirmités les amusent ; le moindre relâche leur tient lieu de bonheur ; la nature, défaillante et plus sage qu'eux, leur ôte souvent la peine de désirer ; enfin ils oublient le monde, qui est si disposé à les oublier ; leur vanité même est consolée par leur retraite, et, avec beaucoup d'ennuis, d'incertitudes et de faiblesses, tantôt par piété, tantôt par raison, et le plus souvent par accoutumance, ils soutiennent le poids d'une vie insipide et languissante.

Printed in Belgium

Ce livre, le quinzième paru
de la collection
LES CENT CHEFS-D'ŒUVRE
DE LA LANGUE FRANÇAISE
a été achevé d'imprimer
le 10 février 1959, sur les
presses de Gérard & Cᵒ, à
Verviers (Belgique)
pour Robert Laffont, éditeur
à Paris.
Philippe Soupault, directeur
de la collection, avec la colla-
boration de Henri-Jacques Du-
puy, a veillé à l'établissement
du texte. Paul Rudloff a dessiné
les ornements de la couverture
et du cahier de tête.
LES CENT CHEFS-D'ŒUVRE
DE LA LANGUE FRANÇAISE
ont été choisis par les audi-
teurs de la Communauté Radio-
phonique des pays de langue
française à la suite du référen-
dum-concours d'octobre 1958.

Nᵒ d'Editeur : 1076